사람도
꽃으로
필 거야

일러두기

- 식물의 학명은 국가표준식물목록을 기준으로 한다.
- 곤충의 학명은 국가표준곤충목록을 기준으로 한다.
- 조류(새)의 학명은 국가생물종지식정보시스템의 야생조수류자원의 조류도감을 기준으로 한다.
- 대화 중 일부는 입말을 살려 사투리를 그대로 적었다.

# 사람도
# 꽃으로
# 필 거야

김영희
에세이

눈길이 닿는 곳에
손을 뻗으면 가만히
계절을 차려주는 정원,
나의 머릿속 식물 호텔

# 내 머릿속 식물 호텔

나에게는 그림을 기억하는 능력이 있다. 눈에 보이는 모든 것을 그림 파일로 머릿속에 저장하는 버릇은 어린아이였을 때부터 시작되었다. 산속을 걷고 들판을 누비며 보이는 꽃과 잎과 열매들을 모두 눈으로 사진 찍어 기록했다. 그렇게 머리와 가슴에 실체와 감성이 그대로 저장되었다. 그 시절 이름 없이 그냥 쌓아두기만 한 그림들은, 이후 다른 곳에서 비슷한 식물을 보면 꺼내어 비교할 수 있었다. 들어 있기만 하면 출력은 아주 쉬웠다. 그렇게 나름대로 정리를 해나갔다. 비슷한 특징을 가진 식물의 방을 만들어 한곳으로 몰아넣었다.

이 식물의 방은 점점 늘어나 꽤 많은 용량을 차지했다. 도감 한 권 없이 그 시절을 보냈다. 오히려 도감을 접하지 못했기 때문에 나의 시각과 감성에 제약을 받지 않았다고 생각한다.

소도시로 옮겨온 뒤 다른 기회가 생겼다. 그곳에는 서점이 하나 있었는데, 나는 서점 한쪽 '취미·원예' 분야에 꽂혀 있던 식물도감을 발견했다. 한 장씩 넘겨가며 머릿속에 있는 식물과 비교했다. 순식간에 책 한 권 분량의 식물들이 재정리되었다. 그렇게 알게 된 이름은 다시는 잊어버리지 않았다. 나는 곧 그 서점의 단골이 되었고 어디서든 새로운 식물을 보면 서점으로 가서 도감으로 확인했다. 도감을 사지는 않았다. 나에게는 아주 비싼 책이었기 때문이다. 간혹 도감에서 찾을 수 없는 식물도 더러 있었다. 그중 하나가 쇠뿔현호색이다.


나는 시기를 정확하게 기억하지 못한다. 서점에서 도감을 훔쳐볼 때도 꽃 피는 시기에 대한 내용을 읽기는 했지만 정확히 기억하지는 못했다. 다만 도감을 보기 훨씬 전, 내가 꽃을 처음 보았을 때의 계절과 주변 풍경들은 기억에 남아 있다.

그래서 가침박달이 언제 피냐고 물으면 그냥 봄에 핀다고 대답한다. 더 자세히 말해달라고 하면 조팝나무 꽃이 지면 핀다는 말밖에 할 수가 없다. 초롱꽃이 언제 피냐고 물으면 뱀딸기가 익고 감꽃이 떨어질 때 피는데 그때쯤 우리집은 모내기를 시작한다고 대답한다. 나는 시기 대신 시절을 기억하는 사람이다. 그래서 이 책에도 시기에 대한 언급이 거의 없다. 대부분 시절이 시기를 대신하고 있다. 정확한 시기를 언급해야 할 때는 아쉽기도 하지만 그래도 나의 시절을 잃어버리고 싶지는 않다. 앞으로도 시절을 기억하려 한다.

시절을 기억하는 내가 나의 시절을 이야기하고 싶어 또 한 권의 책을 썼다. 소박하지만 끊임없이 영감을 주는, 나에게는 사랑의 대상인 고귀한 꽃들과 그 언저리의 이야기다. 『가끔은 숲속에 숨고 싶을 때가 있다』를 기획할 때부터 이 책을 구상하고 있었다. 나의 시절을 적절히 분류한 두번째 이야기다. 첫번째 책을 읽어주신 모든 독자님들을 내 편이라고 생각하기로 했다. 내 편이 응원해주신 힘으로, 기억 속의 한 시절을 다시금 세상에 내놓게 되었다.

자세히 들여다봐야만 보이는 존재들을 애써 들여다보고 함께 놀며, 그들에 대해 생각한다. 그들을 응원하며 동시에 나 자신을 응원하고 더불어 세상을 응원한다. 직접적인 표현에 서투른 사람이라서 꽃 이야기 속에다 살포시 숨겨두었다. 무릎 앞에 꽃을 두고 마음으로 첫 글을 썼다. 그렇게 글을 쓰는 버릇은 지금도 여전하다. 가끔은 영 엉뚱한 방향으로 흐르기도 한다. 그 방향조차 고개를 끄덕이며 나를 지지하는 분들이 계신다. 그런 분들에 대한 고마운 마음도 에둘러 전한다. 이 시절이 어떻게 기억되고 어떻게 기록될지 지금은 알 수 없다. 그렇지만 느리게 다가온 응원과 서투른 표현이 아름답게 기억되면 참 기쁠 것이다.

무릎 앞에 핀 꽃에게도, 숲속에 선 나무에게도, 편이 되어주는 고마운 분들에게도, 에둘러 하는 고백이 바람을 타고 가만히 닿기를 바란다.

**2부** 마음 끝에 푸른 물을 들인 채

## 3부 잠깐 머무는 중이야

# 1부

# 콧잔등에
# 꽃가루를 묻히고

# 땅에 핀 동백꽃

동백나무 / *Camellia japonica*

어느 새벽에 선운사의 동백나무숲을 거닌 적이 있다. 어스름한 시간에 그 선선함에 이끌려 혼자 걸었다. 와본 적이 있는 곳이지만 왠지 낯설게 느껴졌다.

선운산을 탐사하기 위해서 선운사 근처에서 민박을 한 적이 몇 번 있었다. 선운사 오른쪽 담벼락을 따라 돌면 허름한 집이 한 채 있는데 그 집에는 할머니 한 분이 살고 계셨다. 주로 거기서 민박을 했다. 샤워 시설도 따로 없고 화장실도 밖에 있는 집이었다. 방은 조그마했고 서넛이 누우면 꽉 차서 배낭을 둘 자리도 넉넉하지 않았다. 문고리가 달린 문에는 창호지가 야무지게 발라져 있었지만, 종이 한 장을 사이에 둔 터라 방음이 전혀 되지 않았다. 당연히 찬 기운을 막는 것도 어설펐다. 이제 막 숲에서 키 작은 봄꽃들이 피어나는 계절에 그 창호지 한 장은 그저 바람을 막아주는 정도였다. 대신 방바닥은 뜨끈뜨끈했다.

여러 가지 이유로 그 집을 참 좋아했다. 인위적인 소리라고는 방문을 여닫는 소리와 수돗가에서 세숫대야에 물을 받고 버리는 소리, 그리고 할머니의 발걸음 소리가 다였다. 아침에 일어날 때면 알람이 따로 필요 없었다. 나를 깨우는 소리는 숲에서 들리는 새소리였다. 무슨 새의 소리인지 구분하기도 어려울 정도로 수많은 새들이 이른아침부터 지저귀었다.

그 새소리들이 들리기도 전 어두운 새벽에 잠을 깬 적이 있었다. 작은 소리도 크게 느껴질 만큼 고요한 새벽에, 자던 옷 그대로에다가 도톰한 외투만 걸친 채 집을 나섰다. 작은 오솔길 옆에는 보리가 자라고 있었다. 아마도 보리 이삭 하나가 떨어져서 그대로 싹이 난 모양이었다. 한자리에 한 움큼이 막 자라나기 시작하고 있었다.

조용히 발소리를 죽이며 걸어서 선운사 경내로 들어갔다. 고요한 새벽 산사는 내 마음까지 고요하게 만들었다. 그 느낌을 그대로 깊이 느끼며 경내를 산책했다. 발소리도 내지 않기 위해 살금살금 걷는 내 모습이 부자연스러워 나조차도 웃길 지경이었지만 왠지 그래야 할 것만 같았다.

꽤 넓은 마당을 몰래 걸어서 뒤꼍으로 향했다. 뒤꼍에서 이어지는 산자락, 거기에 동백나무숲이 있었다. 울타리가 쳐져서 숲으로 들어갈 수는 없었지만 꽃이 핀 나무줄기 하나가 절집 쪽으로 뻗어 있었다. 나는 그 아래에 자리를 잡고 앉았다. 바람마저 없는 숲속에서 간간이 짹짹거리는 새소리가 들렸다. 무성한 나뭇잎과 꽃들 사이에 어떤 새들이 숨어 있는지 알 수 없었지만 아마도 작은 새일 것 같았다.

서서히 여명이 밝아오고 그 빛이 스며드는 꽃을 보고 있었다. 나무에 달린 꽃이 아니라 땅바닥에 떨어져 있는 꽃들, 나는 그 꽃들 중에 하나를 들여다보았다. 슬프게도 붉은 꽃잎은 상한 곳이 전혀 없었고 강건해 보였다.

동백꽃은 나무에 달려 있을 때는 얼핏 꽃잎이 한 장 한 장 떨어져 있는 갈래꽃처럼 보인다. 그러나 실은 꽃의 밑부분이 합쳐져 있다. 그런 까닭에 장미처럼 꽃잎이 한 장씩 떨어져 지는 것이 아니라 통째로 떨어지게 된다. 샛노란 수술마저 꽃과 함께 떨어져서 꽃 가운데에는 수많은 수술이 붙어 있었다. 오로지 암술만 나무에 남아서 다음 세대인 씨앗을 품어 키운다. 꽃은 다음 세대를 위해 할일이 남아 있는 부분만 살아남고 나머지는 떨어지기를 두려워하지 않는다. 어찌 보면 냉정하지만 어찌 보면 아주 효율적인 선택을 하는 것이며, 그 선택에 미련을 두지도 않는다. 그러므로 꽃 지는 일을 두고 슬퍼할 일은 없다. 그러나 다른 꽃은 몰라도 동백꽃이 진 모습을 보면 왠지 슬퍼진다.

꽃 하나를 주워서 향기를 맡아보았다. 별다른 향기가 느껴지지 않았지만 코에 동백 고깔을 쓴 채 느릿하게 들숨 날숨을 반복했다. 도톰한 꽃잎에는 질감이 그대로 살아 있어서 나무에 살포시 올리면 낙화로 보이지 않을 것 같았다. 새도 꿀벌도 달려들 것만 같은 붉고 화려한 모습이 그대로인데, 떨어진 것이 못내 아쉬워 한참 동안 손바닥에 올려놓고 바라보았다. 그렇게 한참을 들여다보다가 떨어져 있던 그 자리에 아무도 손대지 않은 것처럼 내려놓았다.

나무 아래에는 더욱 많은 꽃들이 떨어져 있었다. 가장자리 한쪽이 누렇게 빛이 바래기 시작한 꽃도 있었다. 한참을 이 꽃 저 꽃을 살피고 있는데 갑자기 '툭' 소리가 들렸다. 살아 움직이는 것은 숲속의 새와 나밖에 없는 것 같은 새벽에 그 소리는 아주 크게 들렸다. 몸이 움찔했고 심장이 덜컥 내려앉았다.

돌아보니 바로 옆에 새로운 꽃이 하나 피어 있었다. 동백은 나무에도 피고 땅바닥에서도 피었다. 살며시 들어올려 코로 가져갔다. 눈을 감고 느껴지지 않는 향기를 음미하려 애를 쓰고, 눈을 뜨고 빛깔을 감상하고 다시 제자리에 내려놓았다. 그런 나의 행동들이 경건해지는 새벽이었다.

천천히 일어나서 뒤꼍을 벗어났다. 올 때와 달리 미련이 가득했다. 하얀 테 안경을 낀 것 같은 동박새처럼 콧잔등에 노란 꽃가루를 묻힌 것도 모른 채, 소리 없이 걸어서 산사를 빠져나왔다. 절 마당에 분홍빛 햇살이 길게 드리워지기 시작하는 시간에……

언제 또
그렇게 필까

꿩의바람꽃 / *Anemone raddeana*

아직은 아무것도 올라오지 않은 산기슭을 훑어보았다. 오래된 논 한쪽은 산과 맞닿아 있고 한쪽은 개울이다. 개울 쪽으로는 갯버들이 흔하고 가을이면 나도송이풀이 피어난다. 개울과 산이 맞닿은 경사가 아주 급한 사면에는 노루귀가 피었다. 그 아래 물가에는 고추나무와 고광나무가 자라고 있다. 논과 산이 맞닿은 곳은 경사가 완만하고 갖가지 덤불과 관목들이 무성하여 사람이 들어갈 한 치의 틈도 없어 보였다. 사람이 굳이 그 숲에 들어갈 일도 없다. 다만 나는 예외였다. 가끔 덤불을 헤집고 그 숲에 들어가기도 했다.

논 바로 위에서부터 그 덤불 아래까지 피는 하얀 꽃을 보러 왔다. 바로 꿩의바람꽃이다. 꿩의바람꽃은 이른봄에 흙속에서 바로 꽃대가 올라온다. 고개를 숙이고 올라올 때는 하얀 땅콩 같다. 그러다가 꽃이 차츰 열리면서 점점 고개를 든다. 가늘고 여린 꽃잎*들이 잔뜩 달린 얼굴을 하늘 향해 치켜든다. 꽃을 떠받치고 있는 총포는 양끝에서 안쪽으로 또르르 말려 있다가 꽃과 비슷한 속도로 펴진다. 꽃잎보다 더 여리고 가느다란 흰 수술들이 힘차게 뻗고 끝에는 역시 하얀 꽃밥이 달려 있다. 노르스름한 암술만이 유일하게 색이 다르다. 암술을 숨기듯이 솟아 있는 풍성한 수술이 햇빛에 반짝이고 있었다. 반짝이다 못해 눈이 부셔서 똑바로 쳐다보기도 어려울 지경이었다.

해마다 기억도 못할 만큼 여러 번 다녀오는 곳이다. 숲 가장자리에서 숲 안쪽으로 이어지는 곳에 자라는 이들은 해마다 변함없이 피어난다. 너무 일찍 찾아와서 기척조차 느끼지 못하고 돌아가기 일쑤였다. 하루에 두세 번씩 찾아올 때도 많았다. 아침에 왔다가 허탕을 하고 혹시 점심 무렵에 볕이 좋을 때는 꽃이 피어 있지 않을까 싶어서 왔다가 또 만나지 못하고 돌아가곤 했다. 그러다가 어느 날 고개 숙인 작은 꽃이 땅에 붙어 있는 것을 보면 더 자주 찾아오곤 했다. 그 봄에도 같은 걸음을 변함없이 반복하고 있었다.

---

* 꿩의바람꽃은 꽃잎이 없으나 흰색 꽃받침 조각들이 꽃잎 역할을 하고 꽃잎처럼 보이므로 이렇게 표현했다.

시골집에 자주 가지 못했기 때문에 처음 피는 꽃은 놓치고 말았다. 며칠이 지나서 그 숲 언저리를 찾았다. 숲으로 가는 동안 생각했다. 지금쯤 한창 꽃이 피었겠구나. 가는 동안 설레는 마음이야 말해 무엇 할까? 눈을 감고도 갈 만큼 자주 가는 곳인데도 가는 걸음은 항상 설레고 즐겁다. 길에서 밭둑으로 내려서고 그 밭둑을 잠시 걸어서 다시 논둑으로 올라섰다. 이제 산과 맞닿은 곳까지 가면 된다. 좁은 논둑길을 걸으면서 발 아래를 보지 않고 맞은편 덤불숲을 바라보며 걸었다. 발을 헛디뎌서 삐끗하기도 했지만 개의치 않았다. 꽃이 핀 곳을 바라보고 걷다가 발을 삐끗하는 일이야 자주 있는 일이니까. 덤불숲에 시든 채 달려 있거나 땅에 떨어진 잎들이 햇빛을 반사해 반짝였다. 아직은 거리가 멀어서 숲 바닥에서 반짝이는 것이 낙엽인지 꽃인지 구분이 되지 않았다. 자세히 보려 다가가다가 발걸음을 멈추었다.

숨이 턱 막히는 느낌이었다. 감탄사도 나오지 않았다. 입만 벌린 채 토끼눈을 뜨고 그저 바라보고만 있었다. 한참 동안 부동자세로 있다가 겨우 정신을 차렸다. 논바닥으로 내려서서 뛰었다. 얼었던 논은 녹아서 질척거리고 미끄러웠다. 신발 바닥이 논에 쩍쩍 달라붙어서 잘 �뗄 수 없었다. 몇 발짝 만에 신발은 진흙투성이가 되었다. 신발 바닥에 진흙덩어리들이 붙어 발걸음을 옮기는 데 점점 방해가 되었다. 미끌거리는 논바닥에서 덤불숲을 올려다보았다.

지금까지 수십 번, 아니 수백 번도 더 와보았던 곳인데 올해는 달랐다. 낯선 곳 같았다. 우리집 마당 넓이의 숲 바닥에 하얀 꽃 수백 송이가 피어 있었다. 아니 그보다 더 많아 보였다. 해마다 어김없이 꿩의바람꽃이 피었지만 많아야 스무 송이나 서른 송이 정도였다. 겨울과 봄의 기후에 따라서 꽃이 좀 더 많이 피기도 하고 때로는 적게 피기도 했지만 큰 차이는 없었다. 작은 침대와 책상이 하나씩 들어가면 꼭 맞을 것 같은 면적에 수십 개체가 드문드문 필 뿐이었다. 그런데 지금 내 눈앞의 풍경은 어떻게 된 일일까? 이렇게 넓은 면적에 이렇게 많은 꽃이 동시에 피다니. 한 번도 이런 적이 없었다. 이렇게 많은 꽃이 필 수 있는 곳이라는 것도 처음 알았다. 왜 이제야 이렇게 피었을까?

꿩의바람꽃은 우리나라에 자생하는 아네모네속 중에서 가장 일찍 꽃이 피는 종 중에 하나이다. 여리게 피고 여리게 자라서 한해살이처럼 보일지 모르지만 사실은 여러해살이풀이다. 봄에 꽃이 피고 이후 번식할 수 있도록 씨앗을 떨어트린 후 잎 등 지상부가 모두 시들어버린다. 그러나 땅속의 뿌리줄기는 생명을 유지한 채 겨울을 난다. 그리고 봄이면 다시 그 자리에서 꽃이 올라온다.

여러해살이풀의 특징 중에 하나는 땅속에서 휴면이 가능하다는 것이다. 물론 씨앗들도 씨앗 상태로 휴면을 하기도 한다. 그래서 한해살이풀도 여러 해 지나서 발아하는 경우도 있다. 여러 해를 사는 풀은 씨앗으로도 휴면이 가능하고 뿌리로도 휴면이 가능하다. 환경조건이 다각도로 맞지 않을 시에 뿌리는 싹을 틔우지 않고 조용히 해를 넘기기도 한다. 그래서 같은 장소에서 꽃이 피는 수가 해마다 다른 것이다. 꿩의바람꽃도 그런 경우에 속한다. 그래서 지상부가 올라와야만 개체 수를 확인할 수 있다. 확인도 단지 인간의 기준에서다. 눈에는 보이지 않지만 꽃을 피울 수 있는 수많은 뿌리들이 흙속에 숨을 죽이고 숨어 있을 수 있다. 언제든 적당한 때와 기회가 오면 피어날 만반의 준비를 하고서 긴 호흡을 하고 있다.

그들이 기다려온 기회가 바로 그때였던 것이다. 그후로도 그렇게 꽃이 많이 핀 적은 한 번도 없었다.

　이 숲에서 지금 눈에 보이는 꽃이 다가 아니라는 것을 이미 알고 있기에 꽃이 보이지 않는 더 먼 숲 바닥까지 눈길을 보낸다. 꽃 필 준비를 완벽하게 마치고서 기다리는 꽃들이 내 눈에 보이는 것들보다 수십 배나 많다는 것을 알고 있다. 그들은 언젠가 꽃으로 필 것이다. 그것이 몇십 년 후라고 해도 살아만 있으면 반드시 필 것이다.

　그들은 지금 머리카락조차 보이지 않게 필사적으로 숨바꼭질을 하고 있다. 나는 그들의 집인 저 숲에 이젠 들어가지 않는다. 진흙이 신발에 사정없이 달라붙는 논바닥에 서서 꿩의바람꽃을 바라볼 뿐이다. 오래전에 단 한 번 본 만발한 꽃들을 떠올리며 그들을 응원한다.

　'꼭 살아서 언젠가 반드시 피기를.'

꽃의 시간과
사람의 시간

깽깽이풀 / *Jeffersonia dubia*

빌로오도재니등에 / *Bombylius major*

깽깽이풀이 꽃 핀 모습을 보기 위해서 아주 여러 번 나만 아는 곳을 찾아갔다. 어느 해에는 봉오리만 보다가 오기도 했고 어느 해에 갔을 때는 꽃이 만개를 지나 탈색이 되어 있었다. 또 어느 해는 아예 꽃잎들이 땅바닥에 한 장씩 떨어져 있었다. 꽃이 가장 화사한 색과 형태가 된 때를 맞추기는 정말 어려웠다. 그래서 결심했다. 하루종일 그 옆에서 시간을 보내리라. 꽃이 피기 가장 좋을 것 같은 봄날 아침에 그곳으로 달려갔다.

어떤 개체들은 곧 꽃이 필 요량으로 봉오리가 완전히 자라서 얌전히 입을 앙다물고 있었다. 또 어떤 개체들은 아직도 꽃받침 속에 숨어 있어 꽃이 피려면 며칠은 더 기다려야 할 것 같았다. 그중에서 곧 피어날 것 같은 한 개체를 정했다. 그리고 그 앞에 주저앉았다. 오늘은 기필코 너의 가장 아름다운 모습을 훔쳐보겠노라 선언하고서 엉덩이를 땅에 붙이고 떼지 않았다. 아침 시간은 생각보다 길었다. 여러 번 해를 바라보았지만 아직도 아침이었다. 꽃이 곧 필 것 같은 다른 개체들이 궁금하여 주위를 두리번거렸다. 여기저기 얌전하기 그지없는 꽃봉오리들이 키를 충분히 키워두고 있었다. 잎들은 꽃보다 키가 작았다. 초록색이 전혀 보이지 않는 자주색의 잎과 잎줄기와 꽃줄기들이 눈에 쉽게 띌 것 같지만 사실은 그렇지 않다. 초록색보다 숨기에는 더 유리하다. 약한 바람에도 흔들거리는 꽃줄기는 그 끝에 꽃을 단 하나씩만 달고 있었다. 그 꽃을 피우기 위해 애쓰는 모습이 역력한데 나는 한 가지 걱정이 앞섰다. 주변에 곤충이라고는 전혀 보이지 않았다.

과연 어떤 녀석이 이들의 꽃가루받이를 도울까. 일단 꽃이 피면 누가 와도 올 것이다. 나는 조용히 기다렸다. 해가 하늘 높이 올라갔다. 이제 꽃들은 햇빛을 아주 풍족하게 받게 되었다. 돌들과 가시들이 있는 덤불을 비켜서 비교적 편한 자리에 앉았지만 엉덩이가 아파서 자꾸 일어나고 싶은 유혹이 생겼다. 곧 꽃이 열릴 것 같아서 그럴 수 없었다. 지긋이 무던하게 어찌 보면 어리석다 싶을 만큼 자리를 지켰다. 그러다가 나의 머리와 어깨와 등에 따뜻한 기운이 퍼졌다. 꽃들도 기다리던 시간일지 모른다는 생각에 꽃만 뚫어져라 들여다보았다. 몇 시간 전의 봉오리와는 달라진 듯했다. 꽃이 조금 열린 것이다. 딴생각을 하는 사이에 꽃은 더 열렸다.

꽃잎이 하늘을 향해 문을 열자 꽃 안쪽이 보였다. 꽃잎은 안쪽으로 오목한 모양을 하고 있었다. 여섯 개의 수술과 한 개의 암술이 드러났다. 수술은 수술대가 그다지 길지 않았지만 꽃밥은 실했다. 매끈한 자주색과 연한 자주색의 수술은 꽃 색과 별반 다르지 않았다. 암술은 씨방이 통통하고 암술대는 아예 없었다. 암술머리는 봄날에 입을 법한 블라우스에 달린 레이스처럼 주름이 져 있었다. 꽃이 열리자 짧은 시간 안에 꽃밥이 터지기 시작했다. 여섯 개의 꽃밥 중 일부가 터졌고 반짝반짝하던 꽃밥은 보라색 가루를 잔뜩 뒤집어썼다. 뒤이어 나머지 꽃밥들도 터지기 시작했다. 자세히 들여다보니 꽃밥이 터지는 모양도 볼 수 있었다. 여섯 개의 수술은 시차를 두고 터졌다. 깽깽이풀뿐만 아니라 다른 꽃들도 시차를 두는 경우가 흔하다. 꽃가루받이 할 수 있는 시간을 늘리기 위한 전략이다.

보이지 않던 곤충이 날아들었다. 빌로오도재니등에가 나타나서 꽃 위에서 정지비행을 하며 먹이를 취했다. 날갯짓이 얼마나 빠른지 인간의 눈으로는 날개를 볼 수가 없었다. 온몸에 털이 잔뜩 있는 외투를 입은 것 같은 모양을 한 빌로오도재니등에는 이 꽃 저 꽃 바쁘게 옮겨다녔다. 주위를 살짝 살펴보니 다른 꽃에도 재니등에류들이 날아와 있었다. 꽃이 피기 전까지 어디에 숨어 있었던 것일까? 꽃이 열리기 전에는 전혀 보이지 않던 빌로오도재니등에 여러 마리가 바삐 움직이며 꽃가루받이를 돕고 원하는 것을 얻고 있었다.

'꽃이 열리는구나'라고 느끼고 얼마 지나지 않아 '꽃이 피었구나'라는 생각이 들었다. 꽃이 핀 후 꽃밥이 터지고 꽃가루가 생긴 뒤 꽃가루받이를 돕는 곤충이 다녀가는 시간은 겨우 5분 남짓이었다. 짧은 시간 안에 한 해 생의 목표가 달성되느냐 마느냐가 결정이 된 것이다. 식물에 따라 다 다르겠지만 최소한 내가 본 깽깽이풀은 그랬다. 자생지 환경이나 꽃의 상태에 따라 다를 것이다. 꽃가루받이를 도울 곤충을 만나느냐 못만나느냐에 따라 다를 수도 있을 것이다. 어쩌면 인간은 알지 못하는 어떤 다른 이유로 꽃이 피어 있는 시간에는 차이가 있을 수도 있다. 그러나 자연상태에서 내 앞의 꽃은 그랬다. 그 짧은 시간에 꽃을 피우고 목적한 바를 이룬 뒤 미련 없이 꽃잎을 떨구었다.

꽃잎을 떨어트리기 전에 이미 꽃 색은 연한 푸른색과 뿌연 색이 섞인 색으로 탈색이 되었다. 화사하고 선명하던 자주색에서 힘이 없어 보이는 색으로 변했다. 그러나 그 여린 색마저 아름답고 고왔다. 꽃잎은 한 장씩 힘을 잃고 흙 위로, 또 쓰러져 시든 전년도 줄기 위로, 다른 식물들의 시들어 마른 몸 위로 떨어졌다. 몇 시간을 기다린 나에게 꽃은 아주 짧은 시간만 허락했다. 나는 그 모습을 다 지켜보았다. 꽃이 진 후에도 그 자리를 바로 떠나지 않았다.

주변을 돌아보니 오늘 피었던 꽃들은 모두 같은 상황이었다. 짧은 시간 동안만 꽃이 피는 것이 아쉽기도 했지만 궁금했다. 이들의 삶에서 5분이란 어느 정도의 시간일까.

인간의 수명을 백 년으로 잡고 대충 환산해보았다. 깽깽이풀은 여러해살이풀이라서 매년 같은 자리에서 다시 꽃과 잎이 올라온다. 해마다 새로 태어나는 셈이다. 그러나 내가 궁금한 것은 한 해의 생애에서 꽃이 제 역할을 할 수 있는 시간이다. 사람은 백 년, 꽃은 일 년으로 계산하기로 했다. 사람도 백 살을 다 못 사는 경우가 많고 깽깽이풀도 이른봄에 싹이 나서 가을에 시드니 일 년을 다 못 채운다. 그렇지만 백 년과 일 년으로 단순화해보았다. 꽃이 핀 후 할일을 마치고 탈색되는 시간 5분. 인간의 삶에선 500분일 테다. 500분을 시간으로 환산하면 8.333시간, 약 8시간인 셈이다. 5분은 식물의 입장에서 짧은 시간이 아니었다. 충분히 뭔가를 할 수 있는 시간이었다.

사람은 8시간 동안 뭘 할 수 있을까? 하루 근무시간이니 어제 처리 못한 일을 마무리할 수도 있고 새로운 일을 시작할 수도 있다. 생각에 깊이 빠지기에도 충분한 시간이며, 생각한 것을 판단하고 결정할 수도 있는 시간이다. 또 결정한 것을 행동에 옮길 수도 있고 그에 따라 미래의 내 모습이 꽃 필 수도 있다.

꽃의 시간을 환산해보고서야 알았다. 인간에게 찰나일 수도 있는 5분이 그들 삶에는 뭔가를 도모할 수 있는 충분한 시간이라는 것을. 그러니 짧게 느껴지는 그들의 시간도 소중히 여길 일이다.

우리는 각자의 자리를
지키고 있었다

병꽃나무 / *Weigela subsessilis*
꿀벌 / *Apis mellifera*

병꽃나무 아래에서 꿀벌을 기다렸다. 몇 해 전부터 빠져 있는 테마 중 하나가 꽃과 꿀벌이다. 꿀벌만 보이면 그 옆에 죽치고 서서 또는 앉아서 그들의 행동을 관찰하며 기다리고 기다린다. 오늘도 마찬가지다. 병꽃나무는 통꽃이고 그 깊이가 꽤 깊다. 꽃 속으로 들어가려는 꿀벌을 보고서 카메라 셔터를 누르면 이미 늦었다고 봐야 한다. 그래서 꿀벌이 다시 나올 때를 노리게 되었다. 꽁무니만 겨우 보이는 꿀벌에 초점을 맞추어 반셔터를 누른다. 그 상태에서 움직임도 멈추고 호흡도 멈추고 숨죽여 기다린다. 벌의 꽁무니가 살금살금 나오기 시작하면 그때부터 연사로 찍는다. 차차차차찰칵. 운이 좋으면 초점이 맞기도 하지만 대부분은 초점이 맞지 않는다. 내가 원하는 지점을 살짝 벗어난 꿀벌, 그리고 0.1초도 가만히 있는 않는 꿀벌. 그들 때문에 나는 자주 실패한다. 그럼에도 불구하고 나는 꿀벌을 기다린다.

꿀벌은 식물에게도 사람에게도 큰 도움이 되는 곤충이다. 특히 통꽃인 식물들이 꽃가루받이를 꿀벌에 의지하는 경우가 많다. 물론 다른 꽃들도 꿀벌을 좋아하고 꿀벌도 꽃가루받이를 많은 부분 돕는다. 그 대가로 꿀과 꽃가루를 얻어가는 것은 아주 당연한 일이다. 하지만 통꽃은 꿀벌이 꼭 필요하다. 현호색류의 꽃들이 그러하고 병꽃나무도 마찬가지다. 이런 형태의 꽃들은 꿀벌의 크기와 행동을 고려하여 꽃가루받이에 좀더 유리한 방향으로 모습을 갖춘 경우가 많다. 그중에서 병꽃나무에 꽃이 피면 주변에는 꿀벌 소리가 항상 들리기 마련이다. 적당한 거리를 두고 지켜보면 꽃 속을 들락날락하는 꿀벌들을 쉽게 만날 수 있다.

병꽃나무는 꽃가루받이를 기점으로 하여 꽃의 색깔이 달라진다. 황록색으로 피었다가 붉은색으로 변한 뒤 꽃이 진다. 꽃이 막 피어나기 시작한 나무에는 말간 황록색의 꽃이 주렁주렁 달리고 이후 점점 붉은 꽃의 개수가 늘어난다. 꿀벌은 두 가지 색의 꽃을 철저하게 가리지는 않는 것으로 보인다. 두 가지 색이 공존하는 나무에서 꿀벌은 이 꽃 저 꽃 가리지 않고 활동한다. 그러나 대부분의 꽃이 붉은색으로 변하면 꿀벌이 찾아오는 횟수는 현저히 줄어든다. 아마도 혼합되어 있을 때보다 꽃가루를 채집할 수 있는 확률과 그 양이 줄어들기 때문일 것이다. 그래서 꿀벌을 기다리는 나도 꿀벌을 따라 황록색 꽃이 많은 나무를 찾아 움직이게 되었다.

병꽃나무를 좋아하는 벌이 또 있다. 바로 어리호박벌이다. 어리호박벌은 해마다 나타나는데 몸집이 큰 편이다. 꿀을 섭취해야 하는데 덩치가 크다보니 모든 꽃에서 유리한 상황은 못 된다. 크고 활짝 열린 꽃의 경우는 별 탈 없이 꿀을 취할 수가 있지만 통꽃일 때는 경우가 다르다. 보다 좁고 보다 깊은 곳에 꿀이 있을 때는 어리호박벌이 더욱 곤란해진다. 저기 꿀이 있으니 먹긴 먹어야겠는데 몸집이 커서 꽃 속으로 들어갈 수가 없기 때문이다. 그럴 때 덩치가 큰 이 벌은 꿀이 있는 부분에 구멍을 내고 주둥이를 꽂아 흡밀吸蜜한다. 결국 꽃가루받이에는 전혀 도움을 주지 않으면서 꿀만 훔쳐먹는 격이다. 꽃의 입장에서 절대로 반가울 리 없을 것이다. 그러나 꽃은 꿀벌을 유혹하기 위해서라도 화사한 꽃을 피우고 향기를 발산한다. 그런 꽃의 전략을 이용해서 비용 없이 혜택만 누리는 것이 어리호박벌이다. 그들 때문에 큰 피해를 보는 식물 중에 하나가 병꽃나무이다. 항상 그런 것은 아니다. 어떤 해에는 꽃이 일찍 핀 덕인지 어리호박벌이 늦게 나온 탓인지 정확하게 알 수 없지만, 꿀이 있는 부분에 구멍이 난 꽃이 거의 보이지 않는 경우도 있다. 또 어떤 해에는 꽃마다 구멍이 뚫려 어리호박벌이 다녀간 흔적을 쉽게 관찰할 수 있다. 겨울잠에서 얼마나 많은 개체가 깨어나느냐에 따라서도 달라지는 게 아닐까.

개화 초기에는 주로 꿀벌이 활동한다. 다른 종류의 벌은 보기 어렵다. 꽃 속으로 열심히 들락거리면서 부지런히 일한다. 모든 꿀벌들이 정석대로 활동하는 것을 볼 수 있다. 며칠이 더 지나서 꽃의 일부가 붉은색으로 변하기 시작하고 어리호박벌이 눈에 띄게 늘어간다. 큰 몸통이 날고 있는 상태를 유지하기 위함인지 날갯짓은 생각보다 빠르다. 육안으로 날개를 볼 수 없을 정도이며 꽤 소란스럽다. 그러나 꽃에 앉으면 얌전해진다. 처음 꽃에 앉았을 때는 우왕좌왕하는 것처럼 보인다. 그러나 곧 어떻게 꿀을 취해야 할지 깨닫는다. 그러고는 꽃 입구는 무시하고 꽃 통 끝부분의 좁은 곳으로 향한다. 적당한 위치에 주둥이를 꽂고 꿀을 훔쳐먹는다. 나는 그 순간 또한 놓치지 않는다. 어리호박벌을 겨누고서 차차차차찰칵. 이 꽃 저 꽃 옮겨다니며 그렇게 꽃에다 구멍을 낸다. 그런 어리호박 벌은 날이 갈수록 그 수가 점점 늘어난다. 그즈음이면 병꽃나무에는 구멍이 나지 않은 꽃을 찾기가 오히려 힘들어진다.

그 시기가 되면 희한한 광경을 목도할 수 있다. 어리호박벌을 흉내내는 꿀벌들이 생겨난다. 처음엔 극소수의 꿀벌들이 꽃 입구를 무시하고 꽃 통 밖에서 꿀이 있는 부분을 입으로 뜯기 시작한다. 그 수는 점점 늘어나서 어렵지 않게 볼 수 있다. 물론 대부분의 꿀벌들은 원칙대로 배운 대로 잘하고 있다.

어리호박벌을 흉내내며 꿀을 훔쳐먹으려는 꿀벌의 행동은 누구에게 배운 것일까? 꿀벌에게 배운 것일까? 어리호박벌에게서 배운 것일까? 병꽃나무에는 황록색 꽃보다 붉은 꽃이 점점 많아질수록 배신을 감행하는 꿀벌이 점점 늘어난다. 꽃의 황금기가 지나고 있다는 증거다. 그러나 식물에게는 꽃만이 그들의 황금기가 아니다. 예쁜 꽃이 화려하고 생기 있게 보이는 것은 사람의 시각에서, 꿀을 얻으려는 곤충의 입장에서 그러할 뿐이다. 어쩌면 식물은 꽃이 진 후에 진정한 황금기를 맞이한다고 볼 수 있다.

병꽃나무의 입장에서는 꽃이 붉게 변하는 때부터 더욱 바빠진다. 열심히 열매를 키워야 하기 때문이다. 그때를 위해 화사한 꽃을 피우고 매혹적인 향기를 내뿜고 달콤한 꿀을 만들어냈다. 동맹군인 꿀벌은 정당한 대가를 지불하고, 어리호박벌은 훔쳐가고, 또 어떤 꿀벌은 배신한다. 누군가는 그런 모습들을 다 지켜보며 배고픔도 잊은 채 한나절을 서 있다. 그런 와중에 병꽃나무는 또다른 황금기를 위해 소리 없이 달려가고 있다. 병꽃나무와 꿀벌과 어리호박벌은 상대가 무슨 일을 하는지, 그리고 그 일이 어떤 결과를 초래할지에는 아무 관심이 없다. 그저 각자의 자리에서 서로가 하고자 하는 일을 할 뿐이다.

어리호박벌 / *Xylocopa circumvolaes circumvalaes*

심 봤다!

삼 / *Panax ginseng*

—

잠에서 깼다. 몸이 찌뿌둥했다. 잠자리에 예민한 편이라서 내 집이 아닌 곳에서 자는 것이 꽤 고역이다. 잠을 잔 건지 안 잔 건지 헷갈릴 만큼 컨디션이 좋지 못했다. 정신을 차리기 위해 멍하니 앉았는데 후배가 잠에서 깼다. 나와 마찬가지로 영 편치 않은 얼굴이었다.

"언니, 나 이상한 꿈꿨어요."

"무슨 꿈을 꿨는데?"

"머리카락을 자르는 꿈이요. 그런데 이런 꿈은 안 좋은 꿈이라던데."

"그런 꿈이라고 다 나쁜 건 아니야. 꿈에서 기분이 어땠어?"

"나쁘지 않았어요. 삭발을 했는데 시원하고 기분이 좋더라고요."

"그럼 괜찮은 거야. 꿈속에서 기분이 나쁘거나 불안하면 좋지 않은 거고 기분이 좋으면 괜찮은 거야. 걱정하지 마."

"정말요?"

"그럼."

후배의 편치 않은 얼굴의 원인은 잠이 아니라 꿈이었다. 그런 얘기를 나누고 나는 욕실로 들어갔다.


또 하루가 시작되었다. 오늘도 숲을 헤매며 다녀야 한다. 식물 조사차 출장중인 우리는 삼지구엽초의 자생지 정보를 들고 그 위치를 찾아다니고 있었다. 지도교수님과 실험실 식구들도 함께였다. 어제는 어제의 일정을 마쳤으니 오늘은 다른 장소를 찾아야 한다. 이런 출장은 일정이 늘 비슷했다. 아침 일찍 일어나서 식사를 하고 도회지 사람들이 출근하는 것보다 훨씬 이른 시간에 산에 들어가 있는 것이 다반사였다. 매일 그런 빡빡한 일정을 소화해야 했다. 우리가 가진 정보는 유용할 때도 있지만 그렇지 못할 때도 있었다. 그렇기 때문에 더욱 서둘러 하루를 시작하곤 했다.

별로 높지 않고 마을과 멀리 떨어지지 않은 숲속으로 모두 함께 걸어들어갔다. 이쯤 어디가 맞는 것 같은데 삼지구엽초는 보이지 않았다. 유난히 가느다란 세 개의 가지와 아홉 개의 잎을 가진 삼지구엽초는 한번 보면 잊히지 않을 만큼 쉽게 기억되는 식물 중에 하나이다. 처음 보는 사람도 한번만 보면 다른 장소에서도 찾을 수 있을 만큼 특징이 명확하다. 그런 녀석이 지금은 보이지 않았다.

정보가 잘못된 것인가. 우리가 잘못 찾아든 것인가. 흩어져서 그 인근을 샅샅이 뒤졌다. 종아리 높이만큼 자랐을 것인데 좀처럼 보이지 않았다. 5월의 풀잎들은 아주 싱그럽고 말간 초록색이다. 삼지구엽초는 연두와 초록의 중간 즈음 되는 색을 가지고 있을 터였다. 다른 식물들과 섞여 있다고 해도 단박에 알아볼 수 있을 것이다. 그렇게 푸릇푸릇한 숲 바닥을 살피며 걷다가 어떤 식물 하나가 눈에 들어왔다. 순간 걸음을 멈추었다. 선 채로 눈을 껌뻑거리며 한참을 내려다보았다. 잘못 보았나 싶어서 눈을 비비고 다시 보았다. 한참을 쳐다봐도 역시였다. 삼이었다.

"이게 뭐야? 선생님 여기요! 이거 삼 같아요."

나도 모르게 흥분하여 크게 말했고 우리들은 모두 한자리에 모였다. 그리고 다 같이 좀전의 나처럼 삼을 내려다보았다.

"언니, 이거 진짜 삼 맞아요?"

"응, 맞아."

"가시오갈피 아니고?"

"가시오갈피는 나무잖아. 키도 작고, 가늘긴 하더라도 아랫부분에 나무줄기가 있지."

혼자 한참을 살펴본 뒤 나는 자신을 가지고 대답했다. 산에서 만나는 가시오갈피는 비교적 어린 개체가 많아서 키가 아주 작고 잎이 한둘만 달린 경우가 더러 있다. 그래서 자칫하면 같은 과(科)에 속하는 삼으로 착각할 수도 있겠다는 생각이 들었다. 그러나 이건 진짜 삼이었다. 또다른 개체가 주변에 있는지 보려고 흩어져서 찾아보았다. 보통 삼은 여러 개체가 함께 있는 경우가 많다고 들었기 때문이다. 이 숲에 방문한 목적을 까맣게 잊어버린 채 삼을 찾기에 바빴다. 그 주변을 다 살펴봤지만 더이상은 보이지 않았다. 다시 삼 옆으로 모두 모였다. 신중한 토론이 벌어졌다. 교수님과 학생 네 명이서 머리를 맞대고 이제 어찌할까를 고민했다. 삼은 잎줄기가 네 개이고 중앙에 꽃대가 있고 하얀 꽃봉오리들이 잔뜩 달려 있었다. 잎줄기가 네 개인 것을 흔히 '사구삼'이라고 하는데 이것이 산삼인지 장뇌삼인지 알 수는 없었다. 어쨌든 삼인 것은 확실하고 머지않아 꽃을 피울 기세였다.

가만히 들여다보시던 교수님께서 말씀하셨다.

"얘들아, 우리 이거 꽃 필 때를 기다렸다가 꽃이 피면 사진 찍고 나서 캐는 게 어때?"

"선생님 안 돼요."

내가 반대 의견을 제시했다.

"왜? 곧 꽃이 필 거 같은데."

"지금 저의 눈에 띄었지만 꽃 피기를 기다리는 며칠 사이에 다른 사람의 눈에 띄지 않는다는 보장이 없잖아요. 지금 캐는 게 맞는 것 같아요."

나의 의견에 다른 학생들도 동의했다. 결국 바로 캐기로 했고, 이번에는 누가 캘 것이냐를 두고 토론이 벌어졌다. 삼을 캐는 경험은 산에서 좀처럼 만나기 어려운 일이다. 어쩌면 이 한번이 일생에 마지막이 될지도 모를 일이었다.

"네가 발견했으니 네가 직접 캐야지."

"아니요. 선생님께서 캐시는 게 좋겠어요. 산에 다니면서 삼 캐보신 적 있으세요?"

"아니."

"그러니까 선생님께서 캐셔야 해요. 저야 나이가 나이니만큼 나중에 기회가 있을 확률이 좀더 높지 않겠어요?"

모두 함께 선생님이 캐는 게 맞는 일이라고 동조하며 밀어붙였다. 결국 그렇게 결정했다.

그전에 사진부터 찍기로 했다. 위에서 내려다본 모습도 찍고 옆에서도 찍고 꽃봉오리도 가까이서 찍었다. '꽃이 피었으면 더 좋았을 텐데' 하는 아쉬움은 있었지만, 그래도 산에서 꽃봉오리가 달린 삼을 만난 것 자체가 행운이라는 것을 우리는 모두 알고 있었다. 충분히 사진을 찍은 후, 주변부터 흙을 살살 긁어내는 선생님의 손을 모두 숨죽이고 지켜보았다. 잔뿌리 하나 다치지 않도록 조심스럽게 삼을 캐고서 주변에서 이끼를 찾아 뿌리를 감쌌다. 커다란 지퍼백에다 잎과 꽃이 다치지 않도록 집어넣었다. 기껏해야 풀인데 그 풀 한 포기를 신주단지 모시듯이 소중하게 다뤘다. 삼지구엽초에 대한 조사를 하는 동안 삼은 얌전히 모셔두었다.

서울로 돌아가는 차 안에서 다음 토론이 이어졌다. 저 삼을 누가 가지고 갈 것인가. 최초 발견한 사람이 갖고 가야 한다며 선생님께서 고집을 꺾지 않으셨지만 나를 비롯한 학생들의 의견은 달랐다. 우리는 모두 한목소리로 선생님이 갖고 가셔야 한다면서 역시 고집을 피웠다.

"아버지 갖다드려. 아버지 드시게 해야지. 농사 지으시느라 많이 힘드실 텐데. 이거 드시고 힘내시면 좋겠네."

"아니에요, 선생님. 선생님 드세요."

"나는 연로하신 아버지도 계신데 내가 먹을 수는 없잖아."

"그럼 잘됐네요. 어르신께서 드시면 되겠네요."

그럼에도 불구하고 계속해서 그럴 수 없다고 하셨다. 나 또한 만만한 고집이 아니라 팽팽하게 맞서서 누구 하나 지지 않았다. 나는 이미 수년 전에 삼을 캐본 경험이 한 번 있었다. 그때는 지금보다 훨씬 어린 삼이었지만 그 삼을 아버지가 드셨다. 그 얘기를 하며, 그러니 이 삼은 선생님의 것이라며 물러서지 않고 버텼다. 결국 댁에 계신 어르신께 드리기로 하고 토론이 일단락되었다.

출장중에는 대부분 선생님께서 운전을 하셨다. 너무 피곤한 나머지 졸리실 때가 아니면 늘 운전을 도맡아 하셨다. 이번처럼 다 같이 피곤할 때에도 운전은 선생님의 몫이었다. 나는 뒷자리에서 고개가 이리저리 흔들리는 줄로 모르고 졸고 있었다. 정신을 차리려야 차릴 수 없을 만큼 졸음이 쏟아졌다. 이번뿐만 아니라 거의 매번 그랬다. 그래서 내가 조는 것에 대해서는 아무도 신경쓰지 않고 그러려니 했다.

정신없이 졸고 있는데 전화벨이 울렸다. 그 소리에 놀라 눈을 떴지만 누구 전화인지 분간이 되지 않았다. 잠시 멍하게 있다가 내 전화라는 것을 깨달았다. 동생의 전화였다.

"여보세요? 응. 웬일이고?"

"……."

"뭐? 우짜다가?"

나도 모르게 사투리가 튀어나왔고, 약간은 격앙된 목소리에 다들 놀라서 나를 쳐다보았다.

"많이 다쳤나? 병원에서는 뭐라카는데?"

"……."

"조심 좀 하시지? 어이구 못 살겠다 참말로. 그래서 뭐 우째야 된다 카던데?"

"……."

"입원은 얼마나 오래 해야 되노? 다른 데는 이상 없고?"

"……."

"그래도 그만하기 다행이다. 알았다. 내일 내려갈게."

전화를 끊었다. 한 공간에 있다보니 듣지 않을 수 없었고 다들 걱정스러운 얼굴로 나를 쳐다보고 있었다.

"무슨 일이야? 누가 다쳤는데? 많이 다쳤어?"

선생님은 한꺼번에 여러 가지 질문을 하셨고 피할 도리가 없어서 모두 사실대로 말할 수밖에 없었다. 아버지가 복숭아 적과를 하시다가 사다리에서 떨어지셨고 발목뼈가 부러져서 입원을 하셨는데 한동안 병원에 계셔야 한다고. 그래서 내일 시골 좀 내려가야겠다고 했다. 불행 중 다행으로 단순골절이고 시간이 지나서 뼈만 잘 붙으면 별문제 없을 거라고 말했다. 그나마 다행이라며 다들 한시름 놓았다는 표정을 했지만 그래도 걱정이 되는 모양이었다. 시골에는 젊은 농사꾼은 없고 점점 노인들만 농사를 짓고 있는 상황이었다. 우리집도 별반 다르지 않았다. 그러니 고된 적과를 부모님 두 분이서 다 하시다 이런 변이 생긴 것이었다.

"내일 집에 내려갈 때 삼 들고 가거라."

"아니에요, 선생님. 삼이 뼈를 붙이나요? 그 얘긴 아까 끝났잖아요."

"그래도 그게 아니야. 아까는 제일 연세 높으신 우리 아버지에게 몫이 돌아갔지만, 환자가 있으면 환자가 제일 우선인 거야. 나이 상관없이 말이다."

"그래도 우리 아버지는 어르신에 비하면 한참 젊으시고 뼈만 붙으면 된다고 하니 괜찮아요."

한사코 사양했지만 이번엔 내 고집이 꺾였다.

결국 그 삼은 다음날 나와 함께 고속버스에 올랐다. 버스에서 내리자마자 바로 병원으로 향했고 환자복을 입고 깁스를 하고 계신 아버지를 만났다. 무슨 크나큰 일이 난 것마냥 온 식구가 다 모여 있었다. 삼을 들고 오게 된 자초지종을 설명하고 잎과 꽃과 뿌리까지 한꺼번에 생째로 씹어서 드시는 게 좋다고 말씀드렸다. 잔뿌리 한 가닥이라도 물에 흘려보낼까 조심하며 병원 화장실에서 삼을 씻었다. 아버지는 그 자리에서 삼 한 뿌리를 통째로 드셨다. 그 덕인지 아버지는 잘 회복하셨고 다행스럽게 후유증도 전혀 남지 않았다.

아버지는 그후에도 자식들의 걱정은 건성으로 들어넘기고서 계속 사다리에 올라서서 복숭아 적과를 하신다. 인부를 구해서 하면 좋을 텐데 통 말을 듣지 않으신다. 삼이 불로초는 아닐진대 그 효과를 너무 과대평가하는 것일까. 이제는 자식들이 보호자라는 사실을 아직도 인정 못하시는 것 같다. 입장이 바뀌었는데도 여전히 어린 자식으로 여길 뿐이다. 그러하니 자식의 잔소리는 점점 늘어만 간다. 예전에 많이 듣던 말을 나도 한번 해보련다.

"요즘 부모들은 참 자식 말을 안 들어. 큰일이야. 큰일."

사람도
꽃으로 필 거야

개망초 / *Erigeron annuus*

동네 산책을 나섰다. 한참을 걷다가 벤치를 만났다. 잠깐 쉬어갈 요량으로 한쪽 구석에 앉았다. 주민들이 산책을 할 수 있도록 만들어진 곳이라 간간이 쉴 곳이 있는데, 사각 지붕 안팎으로 벤치가 몇 개 있었다. 따스한 봄날이어서 사람들은 주로 볕이 잘 드는 곳에 앉아 있었다. 나도 마찬가지였다. 신발 끝을 서로 톡톡 치며 발장난을 하고 있는데 붉은 보도블록이 눈에 들어왔다. 사이사이가 잘 맞물려 별다른 틈이 없어 보였다. 그러나 그 틈 사이로 풀들이 자라나고 있었다. 소위 잡초라고 불리는 식물들이었다. 튼튼한 잎이 꽤 무성한 서양민들레는 노란 꽃을 피웠고, 질경이는 잎을 땅바닥에 딱 붙이고서 억세게 자라고 있었다. 털이 복슬복슬하고 앙증맞은 꽃다지는 꽃대를 올려서 작고 노란 꽃이 보일 듯 말 듯 달려 있었다. 조금 옆에는 틈새를 따라서 보드라운 쑥들이 열을 지어 자라고 있었다. 잡초라 불리는 그들은 아주 열심히 살아내는 중이었다. 좁은 틈의 적은 흙으로 키도 키우고 꽃도 피웠다. 기특하면서도 안쓰러웠다.

이런 느낌으로 저들을 바라보는 것이 낯설지 않았고 그러다 보니 옛 생각 하나가 떠올랐다. 그때도 지금처럼 봄날이었다.

나는 내가 살던 경산의 어느 동네를 걷고 있었다. 시선을 내 발끝보다 몇 발짝 앞에 두고 열심히 걸었다. 회색 보도블록 위를 아무런 생각이 없이 걸었다. 성격이 급해서 보폭이 크고 빠른 걸음으로 어딘가로 열심히 걷는 모습이 앞으로 넘어질 것 같았다.

급한 일로 어딜 갈 때 최대한 빠른 걸음으로 걷는데도 불구하고 마음은 그 걸음보다 더 급했다. 그 마음이 반영되어 허리는 앞으로 기울어지고 어깨는 그보다 더 앞으로 나와 있었다. 그러니 시야가 바로 몇 발 앞으로 고정되기 일쑤였다. 멀리 보려면 멈춰서 자세를 다시 고쳐잡아야 할 정도였다.

나는 평소에 늘 이렇게 걸었다. 매사 바쁜 나날이 이어졌고 직장에서는 느긋한 움직임을 용납하지 않았다. 교대로 식사를 해야 했기 때문에 점심시간도 제대로 확보되지 않았다.

한 시간이 채 되지 않는 시간 동안 빠르게 식사한 뒤 양치까지 끝내야 했다. 커피 한 잔도 마음대로 못 마셨다. 커피는 그 맛을 음미할 틈도 없었다. 손에 든 커피를 마셔야 오후 시간에도 정신을 차릴 수 있을 것 같아 준비실 유리문에 붙어서서 그냥 마셨다. 아직 식사를 못한 동료들의 동태와, 사무실을 찾은 고객의 움직임과, 그들의 급한 표정을 살피며 커피를 목구멍으로 들이붓는 것이 일상이었다. 그러다 뜨거운 커피의 온도에 놀라기도 했다. 어떤 날은 그 커피 한 잔마저 다 못 마시고 자리로 돌아와야 했다. '신속, 정확'하게 일을 해야 했고 늘 정확보다 신속이 먼저였으니 몸놀림이 너나 할 것 없이 빨랐다. 느긋하지 못한 성질 탓에 남들보다 더 빠르게 움직이던 버릇은 쉬 고쳐지지 않았다.

퇴근을 한 후에도 매사에 빠릿빠릿했다. 그런 나 자신 때문에 스트레스를 받는 날도 많았다. '천천히'가 어려운 나는 직장을 그만둔 후에도 그 버릇을 버리지 못했다. 무의식중에 나도 모르게 빨라지고 그걸 깨닫는 순간 이미 숨이 차올라 있었다. 오늘도 마찬가지로 나의 마음은 급했고 발걸음은 따라오기 버거워하고 있었다. 앞으로 치우친 자세로 숨을 몰아쉬며 걷고 있었다. 그러다가 숨이 차다는 걸 깨닫고 멈춰 섰다. 뭘 잃어버린 사람처럼 한참을 그 자리에 서 있었다. 인도 한중간에 서서 숨을 가다듬었다.

　나는 슬금슬금 인도 가장자리로 향했다. 쥐똥나무 울타리에 연둣빛 잎이 반짝이며 돋아나고 있었고 그 너머는 작은 공원이 있었다. 벚나무에서 꽃이 지며 바람에 꽃잎이 날렸다. 나는 쥐똥나무 울타리와 공원을 뒤로하고 왕복 2차선의 작은 도로를 향해 털썩 주저앉았다. 바람에 날려 까만 아스팔트 위로 떨어진 꽃잎들은 자동차들이 달릴 때마다 다시 날아올라 자동차 바퀴를 따라갔다. 멍하니 그 모습을 바라보며 잠시 덩그러니 앉아 있었다. 그리고 의식적으로 생각을 했다.

　'내가 지금 어디를 가고 있지? 누구와 약속이 있는 게 아니잖아. 그냥 집에 들어가는 길에 동네 마트에 들러서 몇 가지 생필품만 사면 되는데 뭐가 이렇게 급하지? 지금 대낮이고 서두를 일이 하나도 없는데 말이야. 나 직장도 그만뒀잖아. 나 실업자잖아. 실업자가 된 지 이제 열흘 남짓이니 아직 실감이 안 나는 건가? 바쁠 일이 없는데. 그냥 천천히 걸어도 되는데. 마트는 오늘 가기 싫으면 내일 들러도 되잖아. 그러니까 앞으

로 꼬꾸라질 듯이 걷지 않아도 돼.'

　그런 생각들을 하면서 나를 설득했다. 하늘을 바라볼 마음의 여유가 없어서 고개를 숙이고 바닥만 내려다보며 생각에 잠겨 있었다. 그러다가 주저앉은 내 앞에 작은 풀 한 포기가 보였다. 보도블록 사이에서 기를 쓰고 올라와 살고 있는 개망초였다. 이 길을 걷는 사람들 입에서 덥다는 소리가 간간이 나올 때쯤 꽃이 필 텐데, 그때까지 이 좁은 틈에서 무사히 살아남을 수 있을까? 걱정스러운 생각마저 들었다. 가만히 바라보다가 갑자기 짜증이 치밀어올랐다. 저렇게 꽃을 피우기 어려운 환경 속에서 알 수 없는 미래를 향해 아등바등 살고 있는 모습이 내 모습 같아서 보고 있기가 힘들었다.

　자리를 박차고 일어나서 울타리 안의 작은 공원으로 들어갔다. 벚나무 아래 벤치에 자리를 잡고 앉았다. 숨을 깊게 들이마셨다가 내쉬면서 나를 이완시켰다. 숨 한번 쉬어가기가 이렇게 어려울 줄이야. 마음에 평정을 약간 찾은 뒤 하늘을 올려다보았다. 미세먼지 없이 유난히 맑은 봄날 대낮이었다. 맑은 공기와 햇살을 느끼며 한참 동안 앉아 있었다. 그러다가 마음먹었다.

'그래, 내일은 여기서 커피를 마시자.'

내가 사는 집은 공원 바로 옆이었다. 내려다보면 공원이 온전히 다 보이는 높이의 작은 아파트였다. 요즘은 주로 창가에서 공원을 내려다보며 커피를 마셨다. 직장을 다닐 때는 커피 한 잔 마실 짬을 내기도 어려웠는데, 그만둔 후로는 그래도 공원을 내려다보며 커피를 마시는 여유 정도는 생겼다.

그날 이후로 매일같이 커피를 들고 공원으로 내려왔다. 어느 날은 벚나무 아래에서 어느 날은 이팝나무 옆에서 커피를 마셨다. 따뜻한 온도를 유지하기 위해 작은 보온병에 커피를 담기도 했다. 보온병이 커피의 온도를 지키고 있는 어느 날에는, 이 동네 살면서 한 번도 가보지 않은 골목길을 탐색했다. 커피가 쉬이 식지 않을 거라는 것을 알기에 가능한 일이었다. 그러다가 상가와 좀 떨어진 건물의 한쪽 구석에서 만화방을 발견했다. 반가운 마음에 들어가서 만화책 몇 권을 빌렸다. 만화책과 커피를 들고서 공원으로 갔다. 사람들이 덜 지나다니는 구석자리를 찾아서 앉았다. 커피를 천천히 마시면서 만화책을 읽기 시작했다. 그후 매일같이 만화책을 빌리러 갔다.

춥지도 덥지도 않은 봄날, 공원에 앉아서 만화책을 읽으며 커피를 마셨다. 어느 순간은 만화책을 덮어버리고 하늘을 향해 얼굴을 들고 눈을 감고 햇살과 바람을 느끼기도 했다. 그렇게 아주 천천히 시간을 보내며 서두르지 않기 위한 훈련을 봄이 다 가도록 해나갔다.

오늘 내 발 앞에 있는 보도블록 사이의 꽃다지는 그때의 개망초처럼 나를 짜증나게 하지 않는다. 저렇게라도 살아가는 모습이 대견하게 느껴진다. 사람은 참 모순덩어리 같은 존재다. 내 마음이 퍽퍽할 때는 자신이 투영되어 짜증스럽던 저 작은 풀들이, 마음이 편안할 때는 기특하고 예뻐 보이니 말이다. 저들이 허락한 적 없는 이기적인 감상이지만, 저들이 나를 위로하고 무념무상으로 이끌어 행복하게 하는 것도 사실이다. 그날 그 개망초를 만나지 않았더라면 어땠을까. 나의 줄기가 자라기 시작한 시점이 그때였던 것 같다. 그동안은 그저 어린 개망초처럼 몇 장의 잎으로 땅바닥에 딱 붙어서 버텨야 하는 시절이 아니었을까. 찬바람과 세찬 비, 어쩌다 내리는 봄눈까지 견디며……

줄기가 자라면 그 끝에서 꽃이 필까? 사람도 꽃 필 수 있을까? 봄에 꽃 피는 인생이길 바랐던 것은 이루어지지 못했다. 봄이 아니라 다른 계절에 꽃이 필 수도 있다는 것을 인정하고서야, 내가 하고 싶은 일에 대한 작은 실천들이 이어졌다. 실업자가 된 것을 기회 삼아 식물탐사를 적극적으로 다녔다. 높은 산으로, 한 번도 가보지 못한 섬으로, 전국 여기저기 마음 내키는 대로 기회가 닿는 대로 어디든 길을 나섰다. 꼭 먼 곳뿐만 아니라 가까운 곳으로 탐사 산책도 더 자주 나서게 되었다. 그즈음 나의 글쓰기도 시작되었다. 치열하게 쓰지는 않았지만 쓰고 싶을 때를 놓치지 않았다. 그렇게 만들어진 양분으로 줄기를 조금씩 키웠다. 그리고 이제야 그 줄기 끝에 꽃봉오리가 맺히기 시작한 것 같다.

결국은 사람도 꽃으로 필 것이다. 그게 언제인지 모를 뿐이다. 붉은 꽃으로 필지 흰 꽃으로 필지 알 수 없을 뿐이다. 그 때를 위해서 초조해하지 않기 위해 잠시 걸음을 멈추기도 한다. 자세를 바로 하고 하늘을 바라보는 것도 잊지 않는다.


요즘도 가끔 혼자 중얼거리듯이 되뇐다.

"꽃은 꼭 봄에만 피는 건 아냐. 봄이 지나도 꽃 필 수 있는 계절은 길게 남아 있어."

소태나무로 젖 뗀 아이

소태나무 / *Picrasma quassioides*

숲을 거닐다 보면 특히 눈길이 가는 나무나 풀들이 있다. 특별히 더 예뻐서라기보다는 그들에 관한 나만의 스토리를 기억하고 있기 때문이다. 어딜 가나 그 식물들이 먼저 눈에 띄고 눈길이 오래 머문다. 자주 가는 천마산 초입에도 그런 나무가 있다. 별로 특별하지도 않고 크지도 않고 멋있지도 않다. 아마도 등산객들은 그대로 스쳐지나갈 것이다. 그러나 나는 멀찌감치 떨어진 거리에서부터 이미 그 나무를 염두에 두고 다가간다. 그 나무를 만나면 오래된 기억 하나를 되새긴다. 그렇게 되새기는 기억들은 더욱 오래 더욱 선명하게 머릿속과 가슴속에 각인된다.

여동생이 고민을 털어놓았다.

"언니야, 딸래미 젖을 떼야겠는데 그게 잘 안 된다."

"떼면 되지. 그게 뭐 어렵나?"

"약도 발라보고 아프다고도 해봤는데 잘 안 되네."

동생은 연년생으로 남매를 두었는데 작은아이가 딸아이다. 되도록 모유 수유하고픈 마음에 수유를 했는데 아이가 꽤커서도 젖을 뗄 수 없어서 고민하고 있었다. 딸아이는 자신의의견을 분명하게 말로 전달할 수 있을 만큼 자랐다.

"엄마, 찌찌 줘."

"알았다. 엄마 설거지 좀 하고. 조금만 기다려라."

엄마는 설거지를 마치고도 수유할 생각이 없었고 아이는더 기다렸다. 그럼에도 엄마가 계속 다른 일을 하자 아이가 급기야 짜증을 냈다.

"엄마, 찌찌 안 줘?"

할 수 없이 다시 모유를 먹일 수밖에 없었다. 아이는 모유로 배를 채우는 게 아니었다. 이제 수유하지 않아도 될 만큼컸고 밥도 잘 먹지만 간식을 먹듯이 엄마를 조르는 것이었다.모유를 떼더라도 크게 문제될 게 없고 젖을 뗄 시기가 이미 오래전에 지나 있었다. 그럼에도 모질지 못한 엄마와 보채는 딸아이는 모유 수유를 이어오고 있었다. 동생은 그것이 고민이었다. 이런저런 방법을 써보았다고 한다. 그러나 그때 잠시뿐

아이는 또 모유를 찾았다.

　동생의 이야기를 듣고 나서도 별생각이 없었다. 그냥 시간이 좀더 지나면 저절로 해결되겠거니 생각했다. 그렇게 잊어버리고 있다가 햇볕이 따사롭고 산새들의 소리가 아름다운 어느 봄날에 자주 가던 숲으로 향했다. 오솔길 옆으로 얼음이 완전히 녹은 지가 얼마 되지 않은 개울물이 흐르고 있었다. 오솔길을 걷던 중 나무 한 그루가 눈에 들어왔다. 푸른 잎들이 싱그럽게 자라고 있었고 꽃을 피우기 위한 꽃봉오리들이 잎과 같은 색으로 숨어서 조용히 때를 기다리고 있었다. 소엽*이 여러 개가 모여 홀수의 겹잎으로 구성된 나무는 겨우내 갈색으로 된 따뜻한 털을 덮어쓰고 있었다. 다른 나무들처럼 아린**으로 잎을 감추지 않고, 잎 자체가 태아 모양으로 웅크려 모여서 서로를 끌어안은 채 겨울을 보냈다. 구부린 등줄기 부분과 밖으로 드러나는 부분에 온통 갈색 털이 복슬복슬했었다. 그 털들이 햇빛을 받아 황금색으로 반짝이던 시절을 보냈다. 이제 그 털을 다 떨치고 완전한 푸른 잎이 되었고 털은 흔

---

*　겹잎을 구성하고 있는 작은 잎.
**　눈껍질. 장차 잎, 꽃, 줄기로 자랄 눈을 감싸고 있는 비늘 같은 조각.

적조차 남지 않았다. 긴 겨울 동안 태양조차 눈부셔서 피할 만큼 반짝이던 황금색 전성기를 끝내고 미련 없이 사라진 것이었다. 꽤 자란 푸른 잎사귀들을 보면서, 콩알보다 더 작았던 잎을 보호하며 빛나던 시절의 그들을 회상했다. 유심히 잎을 바라보았다.

"어떤 잎이 좋을까? 어떤 잎을 딸까?"

나는 잎들 중 이왕이면 좀더 보드라운 겹잎을 하나 땄다. 소엽을 헤아려보니 아홉 개나 되었다. 이 정도면 충분하지 싶었다. 잎을 조심스럽게 지퍼백에 넣어서 잠갔다. 집에 가는 동안 시들지는 않을 것이다.


숲을 거닐며, 식물을 보고 느끼고 혼자 중얼거리며 아름다운 하루를 보낸 뒤 돌아오는 길에 동생에게 먼저 들렀다. 산에서 딴 잎을 꺼내놓았다.

"언니야? 이게 뭔데?"

"나뭇잎이지."

"나뭇잎인 걸 누가 모르나? 그러니까 무슨 나뭇잎이냐고.

"소태나무."

"소태나무? 그게 무슨 나문데?"

"소태처럼 쓰다는 말 알지? 그 소태가 이 소태야."

"진짜? 이게 쓰다고? 전혀 안 쓸 거 같이 예쁘게 생겼는데. 근데 이걸 어쩌려고?"

"젖 떼야 된다며? 이걸로 해보라고. 나도 아직 먹어본 적은 없는데 쓴맛이 난다니까 효과가 있을 거야. 옛날에는 이걸로 애들 젖 떼는 데 사용했다고도 하니까."

"알았다. 언니야. 한번 해보게."

그후 며칠 만에 만난 동생에게 물었더니 모유를 떼는 데 성공했다고 말했다. 작은 잎들 중에서 하나만 즙을 내어 유두에 바르고 시도했는데 입을 대자마자 아이는 질겁해서 도망갔다고 한다. 이모 때문에 애꿎은 조카가 아무것도 모르고 당한 것이다. 그후에도 젖 먹자고 유혹해봤으나 딸아이는 고개를 절레절레 흔들며 다시는 모유를 찾지 않았다고 한다.

"근데 언니야, 도대체 얘가 왜 그렇게 질겁하고 다시는 젖 달라 소리를 안 하나 궁금하더라. 그래서 내가 그 잎 하나로 즙을 내어 먹어봤거든."

"맛이 어땠는데?"

"기절하는 줄 알았다. 쓰다는 말로 표현이 안 될 만큼 쓰더라. 나도 참 무심치. 애한테 해보기 전에 내가 먼저 먹어볼걸. 지가 쓴맛이 나봤자 얼마나 쓰겠냐 싶어서 듬뿍 묻혔는데 애가 저쪽으로 쏜살같이 도망가더라."

"그렇게 써? 니가 먹어보고 조절하지. 애가 놀랐겠네."

나는 줄행랑을 친 아이의 모습과 황당해했을 동생을 떠올리며 큰 소리로 웃었다.

"근데 언니야, 내가 좀 섭섭하다."

"뭐가?"

"그러고 나서도 혹시나 해서 젖 먹자고 해봤는데, 아무리 꼬셔도 근처에도 안 오더라. 그게 좀 섭섭하더라."

"그게 뭐가 섭섭하노? 벌써 뗐어야지. 늦어도 한참 늦었지."


그날 섭섭해하던 동생의 눈빛은 진심이었다. 소태나무로 젖을 뗀 아이는 이제 스무 살이 넘어서 성인이 되었다. 키도 나보다 훌쩍 컸다. 소태나무의 맛을 보고 생애 처음으로 인생의 쓴맛을 느낄 때만 해도 아이가 나보다 키가 클 날이 오리라는 것은 상상하지 못했었다. 산에서 소태나무를 만나면 나는 늘 그때의 일을 떠올린다. 이 아이가 어쩌면 우리나라에서 소태나무로 모유를 뗀 마지막 아이일지도 모른다. 또래의 다른 아이들은 가지지 못한 특별한 추억이 있지만 아마 기억은 못 할 것이다. 그렇다 해도 그런 원시적 경험을 가진 아이는 그렇지 않은 아이들과는 분명히 어딘가 다를 거라고 나는 믿는다.

꽃이 지고 꽃이 핀다

산벚나무 / *Prunus sargentii*

꽃이 진다. 꽃이 지고 있다. 그 무엇보다 찬란했던 꽃잎들이 우수수 떨어진다. 나를 비롯한 대부분의 사람이 꽃을 좋아한다. 그 꽃들이 꽃잎을 떨어트리고 있다. 운문댐을 지나 운문사로 가는 도중에 긴 벚꽃길이 있다. 우리나라의 가로수에는 벚나무가 많고 벚꽃이 피면 많은 사람이 꽃을 즐기기 위해 꽃 핀 곳을 찾아 나선다.

운문댐 주변은 인근 사람들에게는 알려졌지만 그다지 유명하지 않다. 워낙 벚나무 가로수가 많은 탓도 있겠지만 주변 인구 또한 많지 않기 때문일 것이다. 대구에 사는 사람들이 오면 모를까 보통은 청도나 경산에 사는 사람들만 운문댐 주변의 벚꽃길을 주로 찾는다. 운문댐은 꽤 넓고 산과 산 사이에 자리잡은데다 물이 풍부한 편이어서 푸른 호수를 바라보며 드라이브를 즐기기에 좋은 곳이다.

벚꽃이 지는 어느 날 시골 버스를 타고 해발 700미터가 넘는 운문령을 넘기 위해 호수를 바라보며 달리고 있었다. 산들바람에 꽃들은 눈처럼 나부끼며 떨어지고 있었다. 눈은 하얀 하늘에서 쏟아지지만 꽃잎은 파란 하늘에서 내리고 있었다. 창밖으로 손을 내밀어 꽃잎 하나를 잡으려 해보았지만, 그 많은 꽃잎들 중 내 손에 잡히는 건 하나도 없었다. 떨어지는 꽃잎은 이쪽저쪽 어디로 떨어질지 알 수 없게 아기 요람처럼 흔들거렸다. 그런 꽃을 잡으려 팔을 휘젓고 재빠르게 낚아채려 해봤지만 꽃은 '메롱' 하고 손 사이를 빠져나갔다. 약이 올라 몇 번을 더 반복해보았으나 소용이 없었다. 그저 나무 아래 가만히 앉아서 손에 떨어지기를 기다리는 편이 더 나을 것 같았다.

날씨는 파랗고 꽃잎은 나부끼며 떨어지는 날 상쾌한 마음으로 벚나무 꽃길을 벗어났다. 본격적으로 운문령을 향해 버스가 달리기 시작했다. 지금까지는 약간의 오르막과 내리막이 있었고 호수 옆 산허리를 돌고 돌았기 때문에 연신 커브 길이 이어져 있었다. 쭉 뻗은 꽃길보다 구불구불해서 더욱 운치 있었다. 휘어진 길모퉁이를 돌면 뭐가 나타날지 기대감에 부

풀어 차창 밖을 내다보곤 했다. 그러나 지금부터는 숲속 도로이다. 가까운 곳에 인가나 숲을 찾는 사람들에게 잠자리를 제공하는 숙박업소들이 있을 것이다. 또 먹을거리를 제공하는 식당이나 작은 가게들이 간간이 나타날 것이다. 운문령을 넘어서 언양까지 가는 직행버스는 본격적으로 완행버스가 되기 시작한다. 승객이 세워 달라는 곳이면 다 세워주는, 딱히 정류장이 없는 버스가 되는 것이다. 물론 이 골짜기를 지나는 곳곳에 정류장 표시가 있기는 있다. 그러나 그건 그냥 자리를 지킬 뿐 승객이 내리고자 하는 곳이 정류장이 되었다.

보퉁이 하나를 손에 들고 작은 손가방까지 다른 손에 쥔 동네 아주머니는 거리낌없이 버스기사님에게 말했다.

"기사 양반, 저 앞에 담배 가게 보이지예? 그 앞에 좀 세아주소."

"예. 그라지요."

기사님은 흔쾌히 그 앞에 버스를 세웠다. 거기에는 버스 정류장 표시가 없었다.

"어이, 뒤에 학생들."

"예."

기사님의 부름에 신속하게 여럿의 어린 학생들이 대답했다.

"펜션 간다 캤제?"

"예!"

학생들은 신이 나서 더 크고 길게 대답했다.

"정류소에서 내리머 한참 걸어가야 하니까 펜션 앞에 내려주께. 짐 많제?"

"예. 감사합니다."

기사는 어느 펜션 앞에 버스를 세웠다. 갓 스무 살이 넘어 보이는, 막 돋아난 푸른 잎사귀 같은 아이들은 큰 소리로 인사를 하고서 우르르 내렸다. 버스 옆구리에 있는 짐칸을 열어서 짐을 꺼내는데 무슨 짐이 그리도 많은지 한참 걸렸다. 짐을 내린 후에 다시 기사님에게 단체로 고개를 꾸벅거리며 감사하다는 인사를 했다.

"아저씨, 감사합니다!"

"오냐, 재밌게 놀아래이. 술 너무 마이 묵지 말고."

자식인 양 당부하는 것도 잊지 않았다.

그렇게 몇 번에 걸쳐 정류소가 아닌, 승객이 내리고자 하는 곳이나 가장 편할 수 있는 곳에 정차했다. 직행버스라는 이름이 무색해지고 완행버스가 되었다. 다양한 승객을 태운 시골 택시 같기도 했다.

적당한 깊이의 골짜기까지는 내리는 사람이 있지만 더 높아질수록 내리는 사람은 줄어들고 버스는 기는 듯이 느린 속도로 운문령을 넘게 된다. 깊은 골짜기 속으로 빨려 들어가는 버스 창밖으로 아까와는 사뭇 다른 생소한 풍경이 이어졌다. 벚꽃잎이 날리던 그 길에는 봄이 깊었는데 골짜기 속은 아직 초봄이었다. 올려다보이는 먼 산 사면의 나무들은 잎이 채 나지도 않았다. 드문드문 보이는 노각나무는 여름에 꽃이 피는지라 맘껏 게으름을 피우고 있었다. 얼룩덜룩한 무늬가 있는 독특한 수피 때문에, 또 느리게 달리는 버스 덕분에 알아볼 수 있었다. 산 사면에 여기저기 보이는 산벚나무는 아직도 봉긋한 봉오리로 가느다란 나뭇가지에 점점이 매달려 있었다. 이즈음에는 아무리 거센 바람이 불어도 꽃잎은 떨어지지 않는다. 아직 할일이 남아 있기 때문이다. 해야 할 일을 마치지 못하면 여린 꽃잎이라도 쉽게 떨어지지 않는다.

올려다보이는 저 고개를 넘어서 반대 방향으로 내려가면

얼마 가지 않아서 또 꽃이 지는 풍경을 볼 수 있을 것이다. 꽃이 피는 봄과 꽃이 지는 봄을 번갈아 경험하며 높고 오래된 고갯마루를 넘었다. 버스는 경사가 급하고 좁은 지그재그 길을 엉금엉금 기었다. 산 아래 도착했을 때 역시 꽃잎이 바람에 날리고 있었다. 화사하게 아름답던 꽃잎이 떨어지는 모습을 보니 나와 닮았다는 생각이 들었다. 곧 열매가 영글어갈 것이고 그 열매들은 다시 빛나는 색을 품을 것이다. 꽃잎을 떨구며 다음 빛깔로 향해 가는 나무처럼 나도 그렇게 영글고 있을까?

적지 않게 나이를 먹었지만 숫자만 늘어가고 있을 뿐이다. 그런데 숫자가 참 무섭다. 손을 내밀어 꽃잎을 잡으려 애쓰지만 움직임이 예전만큼 재빠르지 못하다는 것을 느끼니까. 꽃은 피었다가 지고 다시 피는데, 새로 피는 꽃에 대한 설렘은 그대로이지만 그 마음을 맞이하는 나의 신체는 더해지는 숫자만큼 움직임이 더뎌지는 것을 느낀다. 한 시절로부터 멀어지는 것일까. 사랑마저 귀찮아진 걸 보면 그럴지도 모른다는 생각이 들었다.

나의 이런 마음과는 아랑곳없이 깊은 봄의 숲속에서는 늘 하던 것처럼 어떤 꽃은 지고 또 어떤 꽃은 무심하게 피고 있다. 떨어지는 꽃잎을 잡으려 차창 밖으로 내민 나의 서툰 손짓도 여전히 변하지 않았다.

운문령 아래로 2킬로미터에 가까운 터널이 생겼다. 감염병으로 인해 새파란 하늘 아래 풋풋한 아이들이 짐을 바리바리 싣고 엠티를 오던 시절은 잠시 그쳤지만, 시골 시외버스는 구불거리며 느리고 느리게 달려, 아직도 운문령을 넘고 있다. 꽃구경을 하는 몇 안 되는 승객을 싣고 여전히 달리고 있다.

짝사랑하는 남자의
그대에게

나는 당신의 남자를 사랑합니다.

이렇게 고백하는 이유는, 가끔은 당신에게 미안하기 때문이에요.

그렇다고 해도 당신은 화를 내면 안 돼요.

짝사랑은 그 누구에게도 허락받을 이유가 없으니까요.

그에게도 나는 허락을 구하지 않을 생각이에요.


그의 목소리를 아주 사랑해요.

당신도 매일 듣겠지만 나도 매일 들어요.

어쩌면 내가 더 많이 듣는 날도 있을 거예요.

그의 노랫소리는 듣고 또 들어도 새로워요.

적어도 나한테는 늘 그래요.

그는 주로 내 방에 조용히 앉아서 노래를 불러요.

나는 늘 그 옆에서 감상하죠.

가끔은 옥상에 함께 올라가요.

그는 더 큰 소리로 노래를 불러요.

내가 저만치 천천히 걸어가도 들을 수 있도록 말이에요.

나를 위해 늘 그렇게 배려하죠.


오늘은 그를 데리고 숲으로 왔어요.

신록이 눈부시게 아름다운 숲속이에요.

그는 말없이 나와 함께 걸어요.

이 숲은 아주 조용해요.

사람이 잘 다니지도 않아요.

오늘 나의 목적지는 이 숲 안에서도 더욱 조용한 곳이에요.

당신 몰래 데이트를 즐겨도 그 누구에게도 들키지 않을
거예요.

둘이 앉을 수 있는 좋은 자리가 저 앞에 보이네요.

저기 앉을까봐요.

그는 소리 없이 내 옆에 앉아요.

그리고 노래를 시작하네요.

머리카락을 손으로 쓸어올려요.

적당히 기른 머리카락이 손끝을 따라 움직이고 있어요.

가사에 심취해 노래하고 있어요.

가사에 따라 표정이 다양하게 바뀌어요.

그 모습이 너무나 매력적이에요.

그윽한 눈빛을 하다가 서운한 눈빛을 하다가 어떤 때는 화가 난 것 같아요.

그럴 땐 미간과 이마에 주름이 잡혀요.

감정을 폭발시키다가 다시 가다듬고 언제 그랬냐는 듯 부드러운 목소리가 되기도 해요.

그런 그의 노랫소리에 숲이 함께 노래하네요.


바람소리가 음악이 돼요.

소나무 가지를 지나는 바람은 감정을 서늘하게 해요.

갈참나무 잎을 스치는 바람은 현란해요.

떡갈나무는 둔탁한 저음으로 마음을 평안케 하고요.

그 아래 키 작은 나무들의 들릴 듯 말 듯한 소리가 보태져서 더욱 풍성한 음악이 돼요.

나무마다 다른 고유의 소리가 아주 조화로워요.

그 속에서 그대의 남자는 바람의 연주에 맞춰 노래를 이어가네요.

지금도 충분히 아름다운데 더 보태지는 노랫소리가 있어요.

어디선가 들리는, 손으로 현을 튕기는 듯한 뻐꾸기 소리는 공명이 아주 깊어요.

꾀꼬리는 자기 이름을 반복하고 있어요.

내 성은 꾀가요. 내 이름은 꾀꼬리예요.

그 소리가 지나친 고음은 아니어서 듣기 편해요.

너무 낮은 소리도 아니어서 경쾌하게 들려요.

멀리서 희미하게 들리는 딱새 소리도 화음이 잘 맞아요.

비교적 고음이지만 먼 곳에서 들려서 그런지 튀지 않고 다른 소리와 잘 어울려요.

이 모든 소리의 중심에 그의 목소리가 있어요.


굴참나무가 못 참겠다는 듯이 춤을 추기 시작해요.

그의 목소리를 참아내기는 힘들지요.

굴참나무가 춤을 추니 마치 꽃처럼 보여요.

잎은 춤을 출 때마다 하얗게 눈부시다 다시 짙은 초록이 되기도 해요.

잎인지 꽃인지 헛갈리네요.

그 모습이 아주 매력이 넘쳐요.

굴참나무는 자신의 그런 매력을 잘 알고 있는 것 같아요.

다른 나무들보다 더 자신감 넘치게 격렬하게 춤을 추네요.

마치 이 무대가 마지막인 것처럼 말이에요.


이 아름다운 숲의 소리와 풍경들은 다만 당신의 남자, 그의 목소리와 조화를 이룰 뿐이에요.

이 목소리를 이기진 못해요.

지금 숲속에는 그의 목소리를 중심으로 아주 아름답고 웅장한 오케스트라가 연주되고 있어요.

아주 활기차고 격정적인 무도회가 열리고 있어요.

관객은 단 한 사람, 나뿐이에요.

나를 위한 이 음악회를 당신 남자가 선사하고 있어요.

그대가 아니라 나를 위해!

오직 나만을 위해!

2부

마음 끝에
푸른 물을 들인 채

아름다운 공생관계

쇠비름 / *Portulaca oleracea*

———

비다. 비가 내리면 뜬금없이 고양이가 떠오르곤 한다.

　장맛비가 내리고 있었다. 나는 반바지 차림으로 마루에
걸터앉았다. 다리를 적당히 덜렁거리며 비 오는 마당을 구경
하고 있었다. 기와지붕에서 떨어지는 낙숫물로 작고 가지런
한 웅덩이가 생기고 흙이 패여 자잘한 돌들이 드러났다. 떨어
지는 빗방울과 튀어오르는 물방울이 다시 합쳐져서 애초에
떨어진 적이 없었던 것처럼 시치미를 떼고 나름의 물길을 따
라 흐르고 있었다. 쉼없이 떨어지는 빗방울은 편평하던 흙 마
당에도 작은 물길을 만들었고 배꼽마당으로 흘러내렸다.

　푹푹 풍기는 흙냄새와 그 냄새를 짓누르려는 빗방울의 싸
움이 절정으로 치닫고 있었다. 나는 그런 모습을 즐기듯 관망
하고 있었고 엄마는 수돗가에서 걸레를 빨고 계셨다. 엄마의
등을 지나 안채와 기역자로 배치된 아래채도 지붕에서 물방

울이 쉬지 않고 떨어지고 있었다. 빗방울을 둘러보던 시선은 이내 담장에 도착했고 그 아래에서 멈추었다.

마당에 난 풀 뽑기는 봄부터 나와 동생들의 숙제였다. 간간이 자라는 봉숭아와 나팔꽃은 둔 채로 풀을 뽑는 일은 늘 힘든 일이었다. 그러나 그 덕에 마당은 깔끔했다. 그럼에도 며칠간 게으름을 부렸더니 쇠비름도 왕바랭이도 작은 잎들을 다시 올리고 있었다. 수분을 많이 머금은 도톰한 잎을 가지고 있어서 웬만한 가뭄에도 끄떡하지 않을 쇠비름이었지만, 비가 반가운 듯 한껏 잎을 벌리고 있었다. 꽃을 피우는 일조차도 뒷전인 듯했다.

땅바닥에 착 달라붙어 있던 가는 잎의 왕바랭이도 비를 향해 잎을 비스듬히 세우고 있었다. 그 작은 잎들에 떨어지는 물방울은 파편으로 튀어 다시 마당으로 떨어지고 있었다. 흙 마당에 떨어지는 빗방울 소리와 왕비랭이나 쇠비름의 잎에 떨어지는 소리는 서로 달랐다. 그러나 빗소리에 묻혀 구분하기 어려웠다. 그럼에도 빗방울이 떨어질 때 잎들이 흔들리는 모습을 볼 수는 있었다. 쇠비름의 짧고 통통한 잎은 무심하게 흔들렸고, 왕비랭이의 날씬한 잎은 땅에 닿을 듯이 휘청거렸다.

각각 다른 성격을 가진 잎들이 빗방울을 반기며 기뻐하는 모습을 멍하니 보고 있었다. 한참을 그렇게 앉아 있는데 작게 우짖는 제비 소리가 들렸다. 고개를 치켜들어 처마 밑을 보니 작은 새끼 제비들이 좁은 집에 모여서 얼굴만 내밀고 재잘거리고 있었다. 대여섯 마리는 족히 되어 보이는 새끼 제비들은 이미 덩치가 어미 못지않게 자라 있었다. 알을 품을 때만 해도 넉넉하던 둥지는 이제 어미가 들어갈 틈도 없었다. 왜 제비들을 집을 저렇게 작게 지을까? 아이들이 자랄 것을 미리 알았을 텐데. 넉넉하게 지었으면 저렇게 서로 밀치는 일이 없었을 텐데. 보이지 않는 어미가 궁금해졌다. 비가 이렇게 오는데 도대체 어디에 있는 것일까? 먹이 활동을 하기도 어려울 날씨인데.

어미는 멀지 않은 곳에 있었다. 시선이 곧장 닿았다. 제비들은 빨랫줄에 앉아 있었다. 안채 저쪽의 처마 끝과 아래채 처마 끝을 잇고 있는 빨랫줄은 어디선가 못 쓰는 전깃줄을 구해서 아버지가 만들어둔 것이었다. 마당을 사선으로 가로지르고 있는 그 빨랫줄 위에서 어미 제비 두 마리가 비를 다 맞으며 앉아 있었다. 초여름이긴 하지만 그렇게 비를 맞으니 추운 모양이었다. 목을 잔뜩 움츠리고 앉아서 가끔 몸을 부르르 떨면서 물기를 털어내고 있었다. '거봐, 집을 좀더 크게 지었으면 좋았잖아.' 마음으로 대화를 시도해봤지만 그들은 내 생각에 관심이 없어 보였다.

비를 구경하며 앉은 지 얼마나 지났을까. 꽤 시간이 지난 것 같지만 마당 풍경은 전혀 달라지지 않았다. 변화되지 않는 풍경에도 여전히 지루하지 않았다. 그렇게 사색에 젖어 있는 사이에 문득 다리에서 부드러운 감촉이 느껴졌다. 내려다보니 고양이가 내 다리를 비비고 있었다. 우리집에는 고양이가 한 마리 같이 살고 있었는데 특별히 챙기지 않아도 혼자 잘 놀고 잘 살았다. 때가 되었을 때 밥만 정해진 위치에 가져다 놓으면 되었다. 고양이는 자기가 먹고 싶으면 먹고 자고 싶으면 따뜻한 곳을 찾아 아무데서나 자곤 했다. 키운다고는 하지만 사실은 공생하는 중이었다. 고양이는 사람에게서 먹을 것을 취하고 사람은 고양이로 인해 식량이 축나는 것을 막을 수 있었다.

배꼽마당에 있는 창고에는 쥐가 드나들었다. 창고 안의

쌀가마니 한쪽에 구멍이 나서 낱알이 쏟아져 흐르는 경우가 종종 있었다. 그 창고 안에 고양이 밥을 두면 고양이는 밥을 먹으러 창고로 들어가고 쥐들의 출입을 어느 정도 막을 수가 있었다. 그렇다고 쥐가 완전히 없어지는 것은 아니었지만 고양이의 출현만으로도 확실히 효과는 있었다. 그렇게 우리와 고양이는 서로 필요한 존재로서 친하고 아름다운 공생관계를 잘 유지하고 있었다. 그런데 며칠 전부터 고양이가 보이지 않았다. '왜 보이지 않지?'라는 생각은 했지만 크게 걱정을 하지는 않았다. 원래 혼자서도 잘 노는 아이였으니까. 그런데 그 아이가 며칠 만에 나타나서 내 다리를 비비고 있었다. 나와 눈이 마주치자 슬금슬금 저쪽으로 걸어갔다. 나는 다시 시선을 마당으로 돌렸다. 다시 빗속 사색에 빠지려는 순간 고양이가 또 내 다리를 비벼댔다. 수돗가 청소를 하고 계신 엄마에게 말했다.

"엄마, 얘가 왜 이러지? 아까도 내 다리를 건드리더니 지금 또 그러네?"

"글쎄다. 며칠 동안 안 뵈더니 어디서 뭐 하고 지냈나 모리겠네."

"그런데, 배가 홀쭉해졌어요."

그제야 엄마가 바삐 움직이던 손을 멈추고 돌아보셨다.

"그러네? 야가 새끼를 배서 배가 불룩했는데 새끼를 낳았나?"

엄마와 대화를 이어가는 중에도 고양이는 내 다리에서 떨어지지 않았다. 자기에 대한 관심을 느꼈는지 다시 아까와 같은 방향으로 걸어갔다. 몇 발짝 가더니 멈춰 서서 뒤돌아보기까지 했다. 자기를 바라보고 있는 나를 확인하고는 다시 걸었다.

"엄마, 나더러 따라오라는 것 같은데요?"

"그럼 한번 따라가보라며."

엄마의 말씀에 느릿느릿 일어나서 슬리퍼를 신고 고양이를 따라나섰다. 작은방 앞을 지나고 쇠죽 끓이는 아궁이를 지나 짚가리로 향했다. 짚가리는 사람 키보다 높았고 작은 창고 크기로 쌓여 있었다. 지난가을에 타작하고 쌓아둔 것인데 겨우내 소들의 삼시세끼 양식을 책임지고 있었다. 계절이 세 번이나 바뀔 동안 한아름 크기의 짚단을 하나씩 빼내어 사용했기 때문에, 짚단 사이사이에는 동굴 같은 구멍들이 생겨 있었다. 그 공간은 꽤 깊었고 컴컴해서 안이 잘 들여다보이지 않았다. 고양이는 그중 작은 동굴 앞에서 야옹거렸다. 영문을 알수가 없었다. 애틋하고 절실한 눈빛으로 도움을 구하는 듯했다. 아무것도 보이지 않는 어두운 틈을 들여다보며 망설였다. 잠시 망설이다가 용기를 내어 손을 집어넣었다. 동굴은 꽤 깊었고 팔이 거의 다 들어가서야 무언가가 느껴졌다. 보들보들하고 따뜻했다. 그중에 하나를 살포시 잡고 꺼내보았다. 새끼 고양이였다.

"엄마, 고양이가 새끼를 낳았어요. 여러 마리 있어요."

"그러나? 우째 며칠 안 보인다 했더니 거기다 새끼를 낳고 돌보고 있었구마는."

아직 눈도 못 뜬 채로 털에 물기가 묻어 있었다. 빗물이 스며들어 새끼들을 적시기 시작했던 것이다. 어미는 새끼들을 구해내고자 나에게 구호 요청을 한 것이었다. 새끼 고양이를 살포시 꺼내 안았다. 생각보다 작은 고양이는 내 품에서 바들바들 떨고 있었다. 아버지께서 짚으로 만든 둥지를 꺼내셨다. 개나 고양이의 집으로 쓰려고 만들어둔 거였다. 너무 어둡지 않을 정도만 마루 밑으로 살짝 밀어넣어서 자리를 정했다.

안고 있던 고양이를 그 속에다 살포시 놓았다. 또 한 마리를 데리러 가는 사이에 어미 고양이가 새끼 한 마리를 물어 오고 있었다. 어미에게 목덜미가 물린 채로 움직이지 않는 모습이 편안해 보였다. 또 한 마리를 안고 와서 보니 고양이가 한 마리뿐이었다. 분명히 내가 한 마리, 어미 고양이가 한 마리를 데리고 나왔으니 두 마리여야 하는데 말이다. 그때 어미 고양이가 방에서 유유히 걸어나오고 있었다. 한 마리를 물고서 방 안 어디에다 데려다놓은 모양이었다. 일단은 급한 대로 모든 새끼를 데리고 나왔다. 짚가리 틈으로는 빗물이 계속해서 새어들고 있었다. 나는 방으로 들어가보았다. 비 오는 날이다보니 고양이의 발자국이 방바닥에 선명히 남아 있었다. 그 발자국을 따라 갔더니 새끼 고양이를 숨긴 곳을 찾을 수 있었다.

고양이의 발자국은 텔레비전 뒤쪽에서 멈췄다. 텔레비전 뒤쪽에는 삼각 형태의 작은 공간이 있었다. 텔레비전에서 나오는 열기 때문에 그 공간은 꽤 따뜻했다. 숨겨진 새끼를 찾아 안고서 마루 밑 둥지로 옮겼다. 어미 고양이는 둥지 속에 있는

다른 새끼의 목덜미를 물고 방으로 들어갔다. 나는 또 데리고 나왔다. 그러나 어미는 멈추지 않고 또 한 마리를 물고 들어갔다. 아무리 데리고 나오려고 해도 어미는 포기하지 않았다. 둘이서 한참 그렇게 실랑이를 하다가 결국 내가 두 손을 들고 말았다. 도저히 이길 수가 없었다.

본의 아니게 우리 형제들은 고양이와 한 방에서 살게 되었다. 어미 고양이는 꽤 영특한 편이었다. 가끔 미닫이 방문을 스스로 열고 방으로 들어올 줄 알았고 그렇게 들어와서는 따뜻한 곳에서 쉬다 가곤 했다. 오늘처럼 비가 오는 날이면 방바닥에는 발자국이 남았고 그럴 때면 할머니한테 혼이 나기도 했다. 그러나 고양이는 개의치 않았다. 고양이는 방 안에서 어디가 따뜻한지 잘 알고 있었다. 그리고 사람의 영역과 자기가 차지할 수 있는 영역도 알고 있었다.

며칠이 지나서 눈을 뜬 새끼들은 외출을 감행했다. 텔레비전 뒤쪽에 얌전히 있지를 못하고 작은 틈으로 빠져나와 방바닥을 기어다니기 시작했다. 한꺼번에 서너 마리가 나와서 놀고 있기도 했다. 밤에 잠을 자다가 이상한 느낌에 눈을 뜨면 내 품안에 몰래 숨어든 고양이를 발견하는 날도 있었다. 작은 새끼 고양이는 생각보다 포근하고 보드랍고 따뜻했다. 그 느낌이 좋아서 품속으로 기어든 새끼 고양이를 그대로 안고 자는 날이 많았다.

지금도 그때의 그 새끼 고양이의 포근한 온기를 기억한다. 그 좋았던 기억으로 고양이를 키우려 했으나 엄마의 반대로 못 키우고 있다. 엄마가 반대하는 이유는 간단했다. 내가 만약 고양이를 키우면 개 때문에 시골집에 내려오는 일이 뜸해질 것을 염려하셔서다. 나 역시 엄마의 염려를 수긍하지 않을 수 없었다. 이제 '우리 고양이'라고 부를 수 있는 고양이는 없다. 도회지만큼 많지는 않지만 시골 동네에도 길고양이들이 종종 눈에 띈다. 그후로도 엄마는 오랫동안 창고 안에다가 고양이 밥을 놓아두었다. 고양이들은 밥을 먹기 위해 창고에 드나들었고 그 덕에 쥐들의 침입을 줄일 수 있었다. 그렇게 부모님은 아주 오랫동안 고양이와 아름답게 공생관계를 유지했다.

왕바랭이 / *Eleusine indica*

개가 집을 찾아가면
꼭 전화해주세요

칡 / Pueraria lobata

어느 날 밤부터 우리집 앞산에서 동물이 끙끙거리는 소리가 들렸다. 워낙에 조용한 시골 동네라서 밤에 들리는 솔부엉이 소리며 곤충들의 소리며 고라니가 우는 괴기스러운 소리까지 별별 소리가 다 들리는 곳이다. 그렇다보니 평소에 듣지 못한 소리를 구분해내기는 어렵지 않았고 부모님은 더욱 신경이 쓰였을 것이다.

날이 밝고서 아버지는 그 원인을 찾아 나섰지만 찾지 못하셨다. 낮에는 소리가 들리지 않았기 때문이다. 계속해서 소리를 내고 있어야 소리의 진원지를 찾을 수 있는데, 조용한 산에서 풀숲에 가린 뭔가를 찾기는 아주 어려웠다. 아니면 날이 밝는 동안 그 어려움이 해결됐을지도 모를 일이었다. 그렇게 가볍게 여기고 하루를 보냈다. 그러나 그날 밤 또 끙끙거리는 소리가 들렸다. 부모님은 그 소리가 신경이 쓰였다. 날이 밝고 나서 아버지는 다시 원인을 찾아 나섰지만 여전히 찾을 수 없었다. '밤사이 문제가 해결됐겠지'라며 전날과 같은 생각을 했고 또 밤은 찾아왔다. 그날 밤도 여전히 똑같은 소리가 들렸지만 다음날 아침 아버지는 또 허탕을 치고 들어오셨다. 매일 밤 그 소리는 들렸고 그 원인을 찾는 데는 늘 실패했다. 여러 날 동안 찾아 헤매기를 반복했다. 그러다가 겨우 앞산 숲속에서 올무에 뒷다리가 걸려 야위어가는 큰 개를 찾을 수 있었다.

개는 겁에 잔뜩 질려 있었지만 사람을 만나 다행스러운 표정이었다. 온순한 성격인 개는 아버지에게 경계심과 공격성을 보이지 않았다. 그러나 조심스럽게 상처가 난 개의 올무를 풀어야 했다. 올무가 조일 대로 조여 개의 상처는 깊었다. 혹시 푸는 동안 통증이 심해질까봐 되도록 자극이 덜 되도록 살살 풀었다. 다행스럽게도 절뚝거리며 걸을 수는 있을 정도여서 그 개를 집으로 데리고 왔다. 앓는 소리를 여러 날 들었으니 개가 며칠은 굶었으리라 생각하고 일단 밥을 먹였다. 시골집에는 집집마다 마당에 개 한 마리씩 있었다. 도회지에서 반려견을 키우듯이 그렇게 애지중지 키우지는 않았지만, 가족이라는 울타리 안에 있었다. 그러니 비록 남의 개이지만 허투루 할 수는 없었다. 더구나 다친 개라서 부모님은 혀를 차며

집에 있는 먹을거리로 정성스레 밥을 챙겨 먹였다. 개는 허겁지겁 배를 채우고 잠시 편하게 쉴 수 있었다.

　부모님은 그 아이의 집이 어딘지는 몰라도 집으로 돌려보내야겠다는 생각을 했다. 다치긴 했지만 걸을 수 있어서 다행이었다. 앞산의 올무에 걸린 것으로 보아 집이 멀지 않은 곳인 것 같았다. 그러나 우리 동네의 개는 아니었다. 주민이 적은 동네라서 이웃집의 개가 어떻게 생겼는지 다들 알고 있었다. 멀리서 걸어오는 모습만 보아도 누구네 개인지 다 알 정도였고, 개들도 동네 주민은 다 알아보고 짖지 않았다. 배를 채우고 좀 쉬게 하고서 집을 찾아가라고 보냈다. 그러나 개는 그렇게 보내도 다시 돌아왔다. 쫓아내듯이 보내도 또 돌아왔다. 할 수 없이 그 개는 우리집에서 몇 날 며칠을 지냈다. 그동안 상처도 다 아물어가고 있었고 부모님과의 정은 더 깊어갔다. 그럴수록 부모님은 마음이 무거워졌다. 키우던 개를 잃어버린 마음을 잘 알기 때문이다.


　우리 개도 안산에서 올무에 걸린 적이 있었다. 올무에 걸리고서 산에서 짖어댔고 아버지는 그 소리를 듣고 우리 개라는 것을 알게 되었다. 소리 나는 쪽으로 개를 찾으러 갔지만 한 번에 찾을 수가 없었다. 개는 찾으러 오라고 짖어대다가 아버지가 가까워지면 얌전히 앉아 꼬리만 살랑댔기 때문이다. 숲속에 얌전히 있는 개를 찾기는 쉬운 일이 아니었다. 그래서 위치를 파악하려면 다시 소리를 들어야 했고 그러기 위해서는 뒤로 멀리 물러나야 했다. 몇 번 반복한 끝에 위치를 파악하고 칡이 뒤덮은 산허리에서 개를 찾아올 수 있었다.

　이런 일은 시골에서 드물지 않게 일어나는 일이었다. 칡은 다른 나무를 타고 올라가서 산 사면을 점령하는 경우가 흔하다. 질긴 줄기로 감고 올라가서 넓적하고 무성한 잎들로 햇빛을 완전하게 차단해버린다. 혼자서 빛을 독차지한 후 한여름에 붉은자주색의 꽃을 피운다. 벌들이 진하고 황홀한 향기에 유혹당하고 그렇게 만들어진 칡꽃 꿀을 좋아하는 사람들도 더러 있다. 그러나 다른 식물들은 그들을 반기지 않는다. 칡의 침공을 받는 식물들은 결국 서서히 죽어가기 때문이다. 그런 이유로 칡덩굴 아래에는 보이지 않는 공간이 생긴다. 그곳을 은신처로 삼고 숨는 야생동물들이 종종 있다. 아마 그래서 그곳에 올무를 설치했을 것이다.

야생동물이 아니라 개가 걸려서 결국 올무는 제 역할을 못한 꼴이 되어버렸다. 아마도 덩치 큰 이 개의 주인도 혹시나 올무에 걸리지 않았을까 걱정을 하고 있을 것이 뻔했다.

시골에는 어느 집이나 마당에 개가 있었다. 개들은 전부 풀어서 키웠다. 동네 골목에서 다른 개들과 어울려 놀다가 밥 때가 되면 알아서 집에 돌아오곤 했다. 밥을 먹고는 마당 한중간에 늘어져 낮잠을 자기도 했고 집 안 여기저기를 기웃거리기도 했다. 마당에 뛰어노는 송아지와 함께 뛰기도 했다. 가끔은 고양이와 함께 낮잠을 자기도 했는데 편하게 늘어져 누운 개의 배에 기댄 고양이들의 모습을 볼 수도 있었다. 개와 고양이는 천적이라고 하더니 웬걸 친하게 잘만 지내는 모습을 보고는, 어릴 때부터 어울리면 저럴 수도 있구나 생각을 했다.

그렇지만 항상 그렇게 평화로운 시간만을 보냈던 것은 아니다. 어느 날은 우리집 개 메리가 해가 져도 집에 들어오지 않았다. 한참을 기다려도 돌아오지 않자 온 동네를 찾아다녔다. 결국은 못 찾고 밤을 보낼 수밖에 없었다. 그 밤 동안 마음이 편치 않은 것은 굳이 말로 하지 않아도 다들 같은 마음이었을 것이다. 다음날 아침 아버지는 여느 날과 다름없이 논에 가셨다. 아직은 빈 논이지만 곧 모내기를 해야 할 철이 올 것이기 때문이었다. 전날 덜 마친 일을 마무리하기 위해 걸어서 10분쯤 걸리는 논으로 가는 동안에도 외박한 개에 대한 생각을 떨칠 수는 없었다. 외출을 해본 적은 더러 있었지만 한 번도 외박이란 걸 해본 적이 없는 녀석이었다. 읍내에 볼일이라도 보러 가게 되면 아버지는 아랫마을까지는 경운기를 몰고 거기서 버스를 타고 가는 날이 많았다. 그럴 때 메리는 아버지의 경운기 뒤를 졸졸 쫓아 내려가곤 했다. 아버지는 종점 한쪽에 경운기를 세워두고 버스를 타고 가시고, 메리는 경운기 밑에 웅크리고 누워서 아버지를 기다렸다. 아버지가 돌아와 버스에서 내리시면 메리는 또 아버지의 경운기를 쫓아서 집으로 함께 돌아오곤 했다. 어느 날에는 아랫동네 아저씨가 아버지에게 이런 말을 하셨다.

"형님요, 그 개 나중에 죽거들랑 양지바른 데 묻어주소. 형님 가시고 나서 종일 경운기를 저래 지키고 앉았다 아입니꺼. 참 기특한 놈이라예."

그뿐이 아니었다. 메리는 우리가 학교 가는 길도 배웅했다. 아랫동네까지 함께 걸어갔다가 우리가 버스를 타고 떠나면 20분이나 걸리는 길을 혼자 걸어올라갔다. 그런 녀석이다 보니 온 집안 식구의 마음은 걱정으로 가득했다. 밤새 돌아오지 않은 메리 때문에 아버지는 마음이 편치 않았고, 함께 걸었던 길을 혼자 걸으면서 더욱 걱정하셨을 것이다.

무거운 마음으로 전날 일하던 논에 도착했을 때 아버지는 기가 막혔다. 밤새 걱정을 시키던 메리가 논바닥에 엎드려 있다가 아버지가 오는 모습을 보고 반가워서 꼬리를 흔들며 달려온 것이다. 어떻게 된 일일까? 혼자서 밤새 논에서 뭘 했을까? 금세 알 수 있었다. 전날 해질녘에 아버지는 일을 마치고 집으로 오시기 전 다음날 일을 미리 대비하셨다. 다음날에도 논에 내려와야 했으므로 일하던 농기구를 논 한쪽에다 두고 오신 거였다. 메리는 그 농기구를 밤새 지키고 있었던 것이다. 우리 것인데 그렇게 논바닥에 있으니 누군가는 지켜야 한다고 생각을 한 모양이었다. 그리고 그게 자기의 책임인 것처럼 그렇게 밥도 굶어가며 지키고 있었던 것이다. 메리는 그런 녀석이었다. 우리 가족에게 아주 특별한 아이였다. 그런 메리가 결국 누군가 산에서 사냥을 하기 위해 놓아둔 독이 든 뭔가를 먹고 우리 곁을 떠났다. 아버지는 뒷산 양지바른 곳 어딘가에 묻어주었다고 하셨다. 그 자리를 우리 남매들에게 가르쳐주시지는 않았다. 그후로도 메리들은 항상 우리집 마당에 있었다. 어떤 개가 함께 살게 되더라도 부모님한테는 모두 메리였다. 지금 함께 살고 있는, 나는 '복실이'라고 부르는 털이 복슬복슬한 개도 부모님에게는 그냥 메리였다. 우리집 개들은 메리1세, 메리2세, 메리3세 들이다.

이렇게 개들을 키우다보면 잃어버리는 경험들을 가끔 하게 되는데 부모님은 그 심정을 잘 알고 계셨다. 그래서 이 큰 개를 꼭 원래의 집으로 돌려보내야겠다고 마음먹었다. 개를 데리고 집에서 좀 떨어진 곳으로 갔다. 개가 보이지 않자 집으로 오셨고 얼마쯤 시간이 흐른 뒤 그 개는 다시 우리집 앞에 와 있었다. 며칠 동안 몇 번을 반복했지만 개는 통 말을 듣지 않았다. 어느 날에는 오늘은 꼭 보내리라 굳게 마음을 먹고 개를 더 멀리 데리고 갔다. 그날은 개에게 목걸이 하나를 걸었다. 그 목걸이에 그동안의 자초지종을 적고 개가 집을 찾아가면 전화를 좀 해달라고 우리집 전화번호를 적어두었다.

인가가 전혀 보이지 않는 산길에 도착했다. 아마도 개의 주인은 저 고개 너머 어느 마을에 살 거라고 추측했다. 개가 올무에 걸린 장소도 그렇고, 걸어서 우리 동네까지 왔다면 아마도 그 방향이 맞을 거라고 짐작되었기 때문이다. 고개 방향으로 매정하게 개를 쫓았다. 그러나 개는 몇 발짝 가다가 뒤돌아보기를 반복했다. 좀처럼 떠나려 하지 않아, 개가 뒤돌아볼 때마다 위협적인 행동을 했고 돌도 던졌다. 휘도는 산길을 따라 개는 걸었고 더이상 모습이 보이지 않게 되었다. 혹시나 돌아올 것을 염려해서 한참 그곳을 지키고 있었다. 개가 되돌아오면 다시 쫓을 심산이었다. 그렇게 그 개를 보낸 뒤 집을 잘 찾아갔을지 어떨지 마음이 쓰였다. 며칠이 지났고 전화 한 통을 받았다. 그동안 개를 돌봐주어 고맙다는 전화였다. 그 잘생긴 큰 개는 무사히 자기 집에 도착했던 것이다.

잠자리 날개를 손으로
만지지 마세요

냉이 / *Capsella bursa-pastoris*
가시측범잠자리 / *Trigomphus citimus*

가시측범잠자리를 만났다. 우화한 지 얼마 되지 않은 것 같아 보였다. 날개며 몸의 색과 무늬가 아주 깨끗하고 선명하여 들여다보는 나조차 마음이 깨끗해지는 것 같았다. 날개는 투명하여 뒤쪽의 풀밭이 그대로 비쳐 보였다. 거리가 꽤 멀었음에도 내가 한 걸음 다가가자 다시 날아올랐다. 잠자리는 멀리 가지 않고 다시 냉이꽃에 내려앉았다. 잠자리가 내려앉은 냉이꽃에서 눈길을 거두지 않고 아주 느리게 움직였다. 사방에 냉이꽃이 발 디딜 틈 없이 피어 있었다. 이른봄부터 줄기를 올려 꽃을 피운 냉이는 종아리를 스칠 만큼 키가 자라 있었다.

못과 맞닿은 대추밭은 대추밭이라기보다는 냉이밭 같은 모양새였다. 그곳에 가시측범잠자리 한 마리가 내려앉은 것이다. 자칫 눈을 뗐다가는 다시 찾지 못할 것 같았다. 잠자리 시점에서는 내가 그냥 멈춰 있는 것처럼 느낄 정도로 느리게 다가갔다. 시선은 고정한 채 카메라는 손에 꼭 쥐고 긴장했다.

아직 세상 물정을 몰라서 그랬는지, 나의 걸음이 너무 느려서 정말 움직이지 않는 것처럼 보였는지 잠자리는 별 반응을 보이지 않았다. 적당한 거리에서 카메라를 들었으나 사진을 찍기에는 너무 멀어서 잠자리가 잘 찍히지 않았다. 몇 컷을 찍고 다시 다가갔다. 두어 발짝 더 가까이 가서 또 사진을 찍었다. 몸의 움직임을 최소화한 채 다시 두어 발짝 더 가까이 갔다. 잠자리는 그때까지도 별 반응을 보이지 않았다. 그러나 더 가까이 가면 날아가버릴 것 같았다. 그 자리에 쪼그리고 앉아 사진을 찍고 시선을 고정시킨 채 잠자리 등뒤에서 가만히 바라보았다. 잠자리는 잠깐 머리를 이리저리 돌리는 것 같더니 훌쩍 날아가버렸다. 다시 냉이꽃에 앉았으나 수많은 꽃 중에 어디에 앉았는지 정확히 보지 못했다. 추적을 멈추어야 했다.

잠자리를 비롯한 곤충에는 특별한 관심이 없었다. 그러나 오랫동안 꽃을 들여다보다가 꽃에 찾아오는 곤충들에게 관심이 생기기 시작했다. 꽃 안에서 활동하는 작은 곤충들도 함께 보게 되었다. 그들의 형태와 꽃 속에 머물 때의 움직임을 꽃과 함께 자세히 들여다보았다.

처음엔 꽃을 들여다볼 때와 마찬가지로 이름도 모른 채 보기만 했다. 그러다가 하나하나 이름을 알기 시작했고 책으로 배운 것보다 관찰한 내용을 먼저 기억하게 되었다. 그런 덕에 많은 종류는 아니지만 곤충에 대해 조금은 알게 되었다. 그 후로는 꽃과 함께 있는 곤충을 만나기 위해 탐사 겸 산책을 나서기도 했다.

나에게는 곤충에 대한 트라우마가 있다. 그 트라우마는 잠자리 때문에 생긴 것이다. 트라우마라고 하면 곤충에 대한 공포나 두려움이나 징그러움을 이기지 못하여 소리를 지르고 도망을 가거나 하는 행동을 생각할지도 모른다. 그러나 그런 트라우마가 아니다. 어릴 때는 곤충을 손으로 곧잘 잡았다. 꽃에 앉은 나비도 잘 잡았고 꿀벌도 잡곤 했다. 꽃에서 꿀을 먹느라 정신없는 꿀벌에게 가만히 다가가서 양쪽 날개를 살며시 잡으면 쏘이지 않고 잡을 수 있었다. 벌도 잡는데 하물며 잠자리 정도야 손으로 만지는 데는 아무 거부감이 없었다. 꽃이나 풀줄기에 앉은 잠자리 뒤에서 한쪽 날개를 재빠르게 잡기도 했다. 그러면 잠자리는 잡히지 않은 날개들을 퍼덕거리며 손에 붙어서 손가락을 깨물었다. 가을이면 아침 등굣길 옆에 이슬을 잔뜩 뒤집어쓰고 몸을 말리는 잠자리 여러 마리를 잡아 몸에 붙이고 걸었다. 그렇게 걷다보면 햇볕을 받아 젖었던 날개가 말랐고 잠자리는 하늘 높이 날아갔다. 잠자리가 보이지 않을 때까지 파란 하늘을 올려다보곤 했다.

어느 아주 맑은 초여름날 어린 조카들을 데리고 산책을 나섰다. 조카들은 나와 즐기는 산책을 참 좋아했다. 마을길에 꽃이 피었다거나 노린재가 있다고 하며 나를 끌고 바깥으로 가서 함께 들여다보는 것을 즐거워했다. 그날도 약간의 더위를 무릅쓰고 함께 걸었다. 마을 앞 큰 못 한쪽 귀퉁이에서 무성한 나도겨풀을 만났다. 비교적 수심이 얕은 물속에 뿌리를 내리고 줄기를 한껏 올려두고 있었다. 푸르고 가늘고 날카로운 잎들이 무성했다. 그곳을 지나다가 나도겨풀 줄기에서 쉽게 보기 어려운 움직임을 감지했다. 물속에서 줄기를 타고 슬금슬금 기어오르는 잠자리였다. 이때의 잠자리는 하늘을 날아다니는 성충의 모습과는 사뭇 다르다. 잠자리는 어린 시절을 물속에서 보내는데 그 시절의 유충을 '수채'라고 부른다.

바로 그 수채가 나도겨풀의 줄기를 타고 오르고 있었다. 느린 속도이긴 하지만 꽤 부지런히 오르고 있었다. 자세히 살펴보니 여기저기 한두 마리가 아니었다. 수많은 수채가 무성한 풀줄기에 붙어 있었다. 어떤 것들은 이미 잠자리가 되어 나갔는지 등이 갈라져 속이 비어 있었다. 또 막 등이 갈라지는 것들도 있었고 허여멀건 잠자리가 거꾸로 매달려 수채에서 성충으로 모양을 바꾸고 있는 녀석들도 있었다. 투명하고도 투명한 날개로 날아오를 준비를 마치고 조용히 붙어 있는 잠자리도 있었다. 다 함께 우화*하기로 약속이라도 한 것처럼 앞을 다투어 잠자리가 되고자 애를 쓰고 있었다.

신기한 모습에 우리는 넋을 놓고 바라보고 있었다. 그렇게 바라만 봤어야 했다. 그러나 아이들과 나의 호기심은 그 도를 넘어서고 말았다. 우화중인 잠자리를 손으로 만진 것이다. 신기한 마음과 그들에 대한 호기심, 빨리 날개를 펼칠 수 있도록 도와주고 싶은 마음이 동시에 들었다. 잠자리의 날개를 손으로 잡아본 경험이 많아서 별다른 생각이 없었다. 이들의 날

---

* 날개돋이.

개도 괜찮을 줄 알았다. 그러나 아니었다. 아이들과 내가 손으로 건드린 잠자리들은 모두 정상적인 우화에 실패하고 말았다. 못 가장자리 쪽에서 우화중이던 잠자리들은 우리들의 공격을 피하지 못했다. 저만치 못 안쪽에 있던 잠자리들은 만질 수 없는 거리에 있었기 때문에 무사할 수 있었다. 사람의 손길이 닿은 잠자리들은 날개가 찌그러져 날아가지 못했다. 그중에는 제대로 펼치지 못한 날개로 겨우 날아가기도 했지만 아마 생존이 어려울 터였다. 생존이 어려우면 번식이 더 어려울 것이 뻔했다. 우리들의 호기심으로, 보이지 말았어야 할 관심으로 인하여 그들의 생에 치명적인 위해를 가한 꼴이 되었다.

그때야 알았다. 사람의 손길이, 사람의 체온이 그들에게 얼마나 큰 피해를 줄 수 있는지. 그때부터 곤충에 대한 트라우마가 생겼다. 내가 무서운 마음이 들어서가 아니라 저들이 나를 무서워할 것이 무서워 만지지 못하게 되었다. 이미 성충이 된, 그동안 잘 잡던 나비와 잠자리도 못 만지게 되었다. 원래부터 애벌레를 만지는 일은 즐겨하지 않았지만 어린 애벌레는 아예 만지지 못하게 되었다. 그들의 여린 피부와 부드러운 몸이 나의 손길을 이겨내지 못하고 죽게 될지도 모른다는 마음이 생긴 것이다. 비록 당시에는 티가 나지 않더라도 혹시 성충이 되어가는 과정중에 문제가 나타날지 모른다는 생각이 나를 불안하게 했다. 그 과정을 다 지켜볼 수 없기에 더욱 불안했다. 그후로는 풍게나무에서 홍점알락나비 애벌레나 왕오색나비 애벌레를 만나도 그저 바라만 보게 되었다.

애벌레라는 존재들은 아주 예민하다. 바람이 불어서 나뭇가지가 흔들리는 것과 사람이 건드려서 흔들리는 것을 구분할 줄 안다. 바람에 흔들리는 것은 개의치 않고 꽉 매달려서 나뭇잎을 갉아먹는다. 그러나 내가 옆 가지를 실수로 살짝 건드려도 그들은 자연스럽지 못한 흔들림을 직감한다. 그러고는 먹이 활동을 멈추고 몸을 그대로 경직시켜 움직이지 않는다. 나뭇잎과 유사한 색의 몸을 더욱 나뭇잎인 것처럼 위장하고, 나뭇가지와 비슷한 애벌레는 나뭇가지로 위장한다. 그렇게 한번 움직임을 멈춘 애벌레는 한참 그 자세를 유지한다. 그래서 그들을 관찰할 때는 그들의 생존에 결정적인 역할을 하는 식물도 건드리지 않으려 애쓴다. 형태를 정확하게 찍기 위해 애벌레가 붙어 있는 잎을 떼어 위치를 옮기는 행동은 절대로 하지 않는다. 그들을 가리고 있는 잎을 떼어내는 행동도 하지 않는다. 애벌레가 매달린 나뭇가지를 살짝 들어올리거나 하는 행동도 최대한 자제한다. 그들에게 자극을 주는 행동은 무조건 최소한으로 줄인다. 대신 방향을 바꾸어가며 애벌레의 몸통이 가장 잘 보이는 위치를 찾는다. 결국 그런 위치를 찾지 못하면 가려진 그대로 들여다보고 사진을 찍는다.

우화하던 잠자리를 만진 날부터 지금까지 곤충에 대한 적당한 거리를 유지해오고 있다. 등딱지가 딱딱한 딱정벌레는 예외다. 너무 크고 힘이 세서 남들은 무서워하는 사슴벌레나 장수풍뎅이는 잘 잡는 편이다. 그들이 가진 딱딱한 갑옷이 나의 손으로부터 충분히 보호해줄 것이라는 믿음을 가지고 그들은 비교적 자유롭게 만질 수 있다. 그렇지만 그들 역시 애벌레 시절이 있다. 그 시절은 역시 손으로 만지지 않는다.

곤충에 대한 이상한 트라우마를 극복할 의지가 내게는 없다. 그들이 나를 두려워할지 모른다는 나만의 불안함을 그냥 이대로 계속 유지할 생각이다. 그래야만 그들과 나와의 적정 거리를 유지하면서 그들의 생존에 최대한 피해를 주지 않을 수 있다. 때로는 가까이 다가가는 것이 오히려 조금 먼 것만 못할 때가 있다.

풍게나무 / *Celtis jessoensis*
홍점알락나비 / *Hestina assimilis*

나도겨풀 / Leersia japonica

내 페이스대로 살란다

섬말나리 / *Lilium hansonii*

말할 수 없이 더운 여름날이다. 내가 왜 여기를 걷고 있는지, 황당한 생각이 들 만큼 더위에 적응하기 어려운 날씨다. 땀이 많지 않은 체질인데도 온몸은 땀으로 범벅이 되었다. 기온은 그다지 높지 않은데 습도가 뭐라 표현할 수 없을 정도로 높았다. 겉으로 드러난 팔에서 느껴지는 습도는 내 생애 최고라 할만 했다. 큰 페인트 붓에다 끈적끈적한 점성을 함유한 물을 듬뿍 묻혀서 피부에 칠해놓은 것 같았다. 습도라는 옷을 한 겹 더 입고 있는 것 같은 느낌은 가히 견디기 쉽지 않았다. 그럼에도 멈추지 않고 걷고 있었다. 이 섬의 깊은 숲길을…….

울릉도를 수도 없이 걸었지만 여름에 온 것은 처음이었다. 주로 봄에 많이 왔는데 항상 날씨가 온화하고 좋았다. 습도로 힘든 줄도 몰랐다. 여름 숲속은 안개 자욱한 날도 있고 빛이 쨍한 날도 있었다. 안개 자욱한 날이라도 길을 찾는데 어렵지는 않았다. 많이 다녀본 길이라서 그럴 것이다. 햇볕이 쨍

한 날이라도 숲속에는 그늘이 두꺼워서 그다지 힘들지 않았다. 다만 습도가 나를 위협할 뿐이었다. 다시는 여름에 섬에 오지는 않으리라 다짐하면서 걸었다.

나리분지에서 걸어서 해발 1,000미터에 가까운 성인봉에 올랐다가 도동으로 내려가는 중이었다. 경사가 급한 사면에 난 좁은 길 외에는 흙색이 거의 보이지 않았다. 일색고사리가 사면을 다 뒤덮어서 선명한 초록 융단이 깔린 듯 보였다. 다리를 스치는 일색고사리를 들여다보았다. 다른 양치식물과는 다르게 잎을 뒤집어놓은 것 같은 모양이 신기한 식물이었다. 같은 색으로 온통 덮여 있는 산 사면 사이사이로 밝은 노란색의 섬말나리가 드문드문 위로 솟아 있었다. 회색 수피를 가진 나무들은 키가 쭉쭉 뻗어 하늘에 닿아 있었다. 늘씬하게 뻗은 나무들의 잎사귀들이 바람에 맞춰 파도처럼 일렁이고 그 사이로 햇빛이 내려앉았다. 바닷속 산호들 사이에 내가 서 있는 듯했다. 팔을 위로 뻗어 공기를 가르면 잎사귀들을 뚫고 수면 위로 하늘 위로 올라갈 수 있을 것 같은 착각이 들었다.

걸음을 멈추었다. 더 깊은 착각에 빠지고 싶었다. 몸과 마음에 푸른 물이 들도록 내버려두었다. 일색고사리가 일색고

사리인지 바닷속 바위에 붙은 대황인지 헷갈리는 그 순간을 즐기며 고개를 들어 하늘을 보았다. 잠시 넋을 놓고 있었지만 이내 피부 표면의 물기가 나를 깨웠다. 현실로 돌아온 나는 바닷속에서 헤엄치는 것을 멈추고 숲길을 걸었다.

이번 울릉도 여행에서 단 한 번도 숨을 헉헉거린 적이 없다. 내수전에서 섬목까지 바다에 떠 있는 단팥빵 같은 죽도를 바라보며 내내 걸었다. 그 길에서 멈췄다가 또 걸었다가를 반복했지만 숨이 차지는 않았다. 섬목으로 내려설 때는 급경사이면서 아주 짧은 길이 좁은 각도로 여러 차례 꺾였고 그 길을 아주 조심스럽게 걸었다. 그런 내리막길뿐만 아니라 걷는 동안 오르막길도 만만치 않았지만 숨쉬기는 힘들지 않았다. 남양에서는 남서천을 옆에 끼고 걸어서 어느 작은 오솔길로 숨어들기도 했다. 그 길을 따라 꽤 깊은 숲을 걸으면 태하령에 닿을 수 있었다. 숲길도 숲길이지만 태하령에서 태하 마을까지가 만만찮은 길이었다. 그러나 그 긴 길도 비교적 편하게 걸었다.

나리분지에서 급한 경사를 치고 올라서 울릉도의 가장 높은 봉우리를 넘어서면 해발 0미터까지 걸어서 내려가야 한다. 바닷속에 삐죽 솟은 울릉도는 경사도가 높다. 오를 때는 두 발짝 걷고 숨 한번 쉬듯이 걸었다. 내려갈 때는 더 많이 걷고 숨 한번 쉬어도 되지만 조심스럽게 걸어야 하기 때문에 역시 속도를 낼 수가 없었다. 자칫 속도에 욕심을 부렸다가는 다치기 십상이라는 것을 잘 알고 있었기 때문이다.

나는 내 페이스대로 움직이면 아무리 오래 걸어도 숨차지 않는다. 아무리 먼 길을 걸어도 다리도 아프지 않다. 어릴 적부터 걷지 않을 수 없는 환경 속에서 자라 남들보다 많은 거리를·걸었다. 언젠가는 내가 살면서 걸어온 거리를 계산해보려고 시도한 적이 있었다.

초등학교에 입학한 후 십 리 길을 걸어서 학교에 다녔다. 등하교를 합하면 하루에 이십 리를 걸은 셈이다. 매일같이 걷는 8킬로미터의 길이 처음에는 벅찼다. 어린아이가 한 시간 반은 족히 걸어야 도착할 수 있는 거리였다. 그러나 점점 익숙해졌다. 나는 점점 자랐고 걷는 시간은 점점 줄어들었다. 무거운 가방을 메고 뛰는 날도 많았다. 더불어 나의 다리는 더욱 튼튼해졌다. 거리를 계산하려고 보니 매일 같은 거리를 걸어온 그 시기만이 계산 가능했다. 일 년이 52주, 365일. 그 시절은 주 6일 등교였으니 일요일을 제외한 313일 중 법정공휴일을 제해야 하는데 그땐 대체공휴일이 없었다. 계산하기 좋도록 13일을 뺀 300일로 계산하고 여름방학과 겨울방학으로 60일을 뺐다. 나머지 240일 동안 매일 8킬로미터를 걸었다고 계산했다. 일 년에 1,920킬로미터를 걸었고 초등학교와 마주보고 있는 중학교를 졸업할 때까지 총 구 년을 계산하니 17,280킬로미터가 되었다. 중학교 다닐 때는 가끔 종점인 아랫마을에서 버스를 타는 날도 있었지만 그런 날은 많지 않았다. 그후 고등학교 다닐 때는 버스를 타야만 했음에도 정류장이 있는 아랫마을까지는 늘 걸어야 했다. 일단 다른 경우의 걸음은 모두 제하고 등하교의 거리만 계산했을 때 족히 2만 킬로 가까이 되었다. 지구의 둘레가 약 4만 킬로미터 정도라고 하니 성인이 되기 전에 나는 이미 지구 반 바퀴를 걸었던 것이다. 학교 다니는 것 외에 걸은 거리는 포함하지 않았다. 수시로 동네 산을 헤집으며 놀았고, 친구들과 뛰어다니며 놀았다.

그런 것들을 다 보태면 아마 더 많이 걸었을 것이다. 그 덕에 나는 꽤 먼 거리를 아주 오랫동안 걸어도 다리가 아프다는 것을 별로 못 느끼고 지금껏 살고 있다. 어떤 길에서도 숨만 차지 않는다면 그다지 힘들다고 느끼지 않는 편이다.

나에게 있어서 숨차지 않기 위한 방법은 딱 한 가지다. 내 페이스대로 걷는 것. 오직 그것뿐이다. 그래서 나는 이미 오래전부터 그렇게 걷기로 했다. 그 어떤 길을 걷더라도, 또 험한 길을 걷더라도 말이다.

남들보다 느린 나를 보면 답답해하는 이들도 있다는 것을 알고 있다. 그러나 그 느림 속에서 얻는 것이 있다. 좀더 세밀하게 보고 좀더 섬세하게 느낄 수 있다. 나에게는 그 즐거움이 꽤 큰 편이다. 다른 무엇과 바꾸고 싶은 마음이 아직은 없다. 그래서 나는 좀 더디더라도, 좀 느리더라도 내 페이스를 고집하며 살기로 했다. 숨차지 않게, 내 폐와 심장이 힘들지 않게……. 나는 오늘도 울릉도 숲속을 그렇게 걷고 있다.

실색 고사리 / *Arachniodes standishii*

누구에게나 있는
무궁화 한 그루

무궁화 / *Hibiscus syriacus*

"무궁화? 우리집에 무궁화 없는데?"

"아냐. 무궁화 있어. 니네 집에 분명히 있어."

"없는데."

친구는 고개를 갸우뚱했다.

"있을 거야. 우리 친구들은 집에 최소한 무궁화 한 그루씩
은 있어야 해."

골똘히 생각하던 친구는 갑자기 생각난 듯 목소리를 높
였다.

"아! 있다. 마당 한쪽에 무궁화 한 그루 있다."

"거봐. 있다고 했잖아."

"그런데 우리집에 무궁화가 있는 줄 니가 우째 알았노?"

"기억 안 나?"

"무슨 기억?"

"마당에 무궁화가 왜 있는지 정말 기억 안 나냐고."

"글쎄 기억이 안 나는데."

"우리 중학교 2학년 때 심은 건데."

어떻게 기억을 못 할 수가 있는지 이해가 되지 않았다. 나는 아직도 그 기억이 생생한데 어떻게 그런 특별한 일을 잊어버릴 수 있을까. 아무리 세월이 오래 흘렀다손 치더라도 말이다. 나한테 그 나무는 소중하고 친근한 나무이다. 사춘기 접어들 때쯤 만나서 성인이 되고 직장인이 되고 이후 지금까지 나와 오롯이 함께 세월을 보낸 나무이다. 물론 마당에 감나무도 여러 그루 있고 어린 시절 감나무에 올라가기도 하고 철봉처럼 매달리기도 하면서 놀이기구 삼아 놀기도 했다. 그러나 무궁화는 내가 직접 심은 나무라서 나에게는 특별한 의미가 있었다.

자취 생활을 할 때 일요일 오후에 부모님과 헤어져 자취방으로 돌아가면서 서운해서 늘 울었다. 아랫마을까지 내려가야 버스를 탈 수 있었고 아버지는 매번 경운기로 정류장까지 태워주셨다. 무궁화나무 바로 옆에서 경운기에 올라탔다. 그때 무궁화나무는 내가 우는 모습을 한 번도 빠짐없이 지켜보았다. 할머니가 돌아가시던 날에도 무궁화가 만발했었다. 온 담장에 화사한 무궁화가 활짝 핀 날이었다. 꽃들은 손님들을 누구보다도 먼저 맞이했고 가장 마지막까지 할머니 상여를 배웅했다.

어린 조카들도 무궁화를 좋아했다. 지금은 스무 살이 넘은 조카딸은 어릴 때 곧잘 나를 따라 하기도 했다. 무궁화가 꽃이 피면 "무웅아꼬" "무웅아꼬" 하면서 꽃과 나를 번갈아 바라보며 웃었고, 꽃을 들여다보고 코를 들이대는 나를 따라 했다. 무궁화가 피기 시작하면 더위가 시작되었고, 해가 지면 선선한 바람이 불기 시작하는 초가을까지 변함없이 우리집 담장을 장식하고 있었다. 언젠가는 도대체 몇 그루나 되는지 궁금해서 헤아려본 적이 있었다. 담장 끝까지 다 헤아리지도 못하고 중간에 그만두었다. 다닥다닥 붙은 나무들은 가지끼리 서로 닿아 각각의 나무를 구분하기도 힘들거니와 쪼그리고 앉아 밑동을 보며 헤아리는 일이 버거웠다. 잠시면 될 일이었지만 굳이 알 필요가 없었기 때문에 쉽게 그만둘 수 있었을 것이다.

어린 시절 식목일은 꽤 큰 행사가 있는 날이었다. 텔레비전에서도 정치인들이 나무 심는 모습을 방송했다. 모든 방송사의 뉴스 또한 그 소식으로 시작했다. 학교도 마찬가지였다. 시골 학교는 보통 학교 소유의 임야에서 나무 심기 행사를 했다. 전교생이 모두 심기는 무리였는지 한 학년을 정해 학생들이 곡괭이와 삽을 들고 산에 올라 나무를 심었다. 무슨 나무인지도 정확히 모르고 그냥 주는 대로 심도록 했다. 그러다가 중학교 2학년 때만 방법이 달랐다. 전교생에게 무궁화 묘목 한 그루씩 나누어주고 집에다 심으라고 했다. 키가 작아서 늘 맨 앞자리에 앉았던 나는 그때만큼은 작은 키 덕을 톡톡히 보았다. 뒤로 돌리라면서 선생님은 묘목 여러 그루를 내 손에 쥐어주었고 나는 그중에서 가장 튼튼한 묘목을 골랐다. 키가 작아서 덕을 본 건 그때가 처음이었다.

무궁화 묘목을 소중히 챙겨와서 마당의 터줏대감인 감나무에 닿지 않는 곳에 심었다. 무궁화는 생각보다 잘 자랐다. 몇 년 사이에 훌쩍 자라서 내 키보다 더 커졌고 결국은 감나무 가지와 부딪힐 지경이 되었다. 큰 감나무를 옮겨 심을 수는 없었으므로 무궁화를 옮기는 수밖에 없었다. 대문 밖으로 나와서 골목으로 가기 전, 아직은 우리집이랄 수 있는 딱 그 정도 지점으로 옮겼다. 그래서 그 나무는 우리집에 들어오는 사람을 가장 먼저 마중하는 나무가 되었고, 집을 나설 때는 가장 나중에 배웅하는 나무가 되었다.

무궁화를 돌보는 것은 엄마의 몫이었다. 나는 심기만 했지 가꿀 줄은 몰랐다. 아이들이 나무에 대해서 알 턱이 없으니 어쩌면 당연한 일이었다. 엄마는 겨울이 되어 한가해지면 가지치기를 해주었다. 무궁화는 꽃이 햇가지에 달리기 때문에 가지치기를 잘 해주어야 한다. 그래야 햇가지가 많이 올라오고 꽃을 많이 볼 수 있다. 엄마는 잘라낸 가지들을 그냥 버리지 않았다. 담장을 따라 땅에다가 쿡쿡 대충 꽂아두었다. 그러고는 생각날 때마다 물을 주었다. 그렇게 삽목한 가지들은 도무지 질서가 없었다. 삽목하는 방법을 지키지도 않았다. 진짜로 대충이었다. 그냥 잘린 모양 그대로 꽂아둔 가지들은 도저히 싹이 돋아날 것 같지 않았다. 엄마 나무가 싹이 나고 잎을 틔워도 삽목을 한 나무들은 삐삐 말라 있었다.

매캐한 흙냄새를 피워올리는 봄비가 듬뿍 내리면 회색빛으로 죽은 나무 흉내를 내던 가지들에 생기가 돌기 시작했다.

회색에 푸른빛이 살짝 도는 것이 어떻게 보면 산 것도 같고, 어떻게 보면 죽은 것도 같은 모양으로 또 여러 날을 보냈다. 며칠이 지나도록 별반 달라지지 않는 가지를 살피는 일이 지겨워져서 무관심해질 때쯤, 허접한 겨울눈이 터지고 푸른 잎이 비집고 나오기 시작했다. 대부분의 나무는 그렇게 살아났다. 첫해에는 꽃을 피우지 못하고 대체로 잎만 돋았다. 아마 그후로도 몇 해는 그러했을 것이다. 어느 해부터는 초여름에 꽃이 하나씩도 달리고 둘씩도 달리기 시작했다. 키도 쑥쑥 잘 자라서 가지치기도 해야 할 만큼 나무의 모양을 갖추어갔다. 어떤 나무는 꽃을 피우기 시작하고, 또 어떤 나무는 올봄에 삽목을 한 터라 가여워 보일 만큼 볼품없었다. 그렇게 시골집 긴 담장을 따라 무궁화는 식구를 늘렸다. 텃밭에도 몇 그루가 생겼다. 엄마 나무와 꼭 같은 꽃을 피우는 무궁화 울타리가 생겼다.

더이상 심을 곳이 만만치 않자 엄마는 할머니 산소에다가 삽목하기 시작하셨다. 할머니 산소는 집에서 6킬로미터쯤 떨어진 선산에 있는데, 지방도로 바로 옆이어서 도로에서 올려다보면 보이는 위치에 있었다. 경사도가 좀 있어서 산소를 만들면서 앞쪽으로 약간의 흙을 돋우었다. 시간이 지나면서 그 흙이 무너지기도 하고 흘러내리기도 했다. 어느 해부터인가 부모님은 잘라낸 가지를 가져다가 촘촘히 꽂았다. 그리고 오가며 돌보았다. 갓 삽목한 나무는 나무라기에는 기세가 약했고 주변에서 돋아나는 덤불을 이길 수 없었다. 줄딸기며 환삼덩굴이며 갖가지 덤불들 때문에 어린나무는 곤혹을 치러야 했다. 부모님은 수시로 들러 그런 덤불들을 정리하고 무궁화가 잘 자랄 수 있도록 돌보셨다. 수년이 지나서 흙은 더이상 흘러내리지 않았다. 더불어 무궁화는 해마다 화사하고 커다란 꽃들을 피웠다.

어느 날은 남동생이 친구랑 차를 타고 오면서 나눈 이야기를 들려주었다. 동생은 운전하고 친구는 옆자리에 앉았는데 친구가 산을 올려다보다가 활짝 핀 무궁화꽃을 보고 이렇게 말했다고 한다.

"저기 저 산소 주인이 국가유공자인가? 산소 앞에 무궁화가 많네."

그 말에 동생은 웃으면서 대답했다고 한다.

"국가유공자는 아니고 그냥 우리 할머니 산소야."

무궁화가 어떻게 우리들의 마당에 있게 되었는지, 그리고 그후에 일어난 일련의 이야기들을 들려주자 친구는 내가 신기하다고 했다. 자기는 전혀 기억도 못하는 일을 어떻게 지금까지 자세히 기억하고 있냐면서.

"나는 생각하고 또 생각했거든. 자꾸 생각하면 더 오래 기억할 수 있어. 그래서 나는 좋은 일은 자꾸자꾸 생각해."

명품 만년필

회양목 / *Buxus sinica var. insularis*

첫 책이 나오고 시간이 얼마간 지났다. 출간 당시에 나는 시골에서 부모님의 농사일을 돕고 있었다. 한여름 한창 수확기에는 복숭아 수확을 하루도 늦출 수가 없다. 늦으면 바로 상품 가치가 떨어져버리기 때문이다. 책이 출간되는 와중에 눈코 뜰 새 없이 바쁜 나날을 보내고 있었다. 어느 정도 급한 불을 끈 다음에 나의 집으로 올라왔다. 빈집에 먼저 도착한 저자 증정용 책이 나를 반겼다. 시골로 몇 권을 따로 받았기 때문에 처음 보는 건 아니었지만 표지에 적힌 내 이름이 아직도 어색했다.

이제 이 책들을 지인들에게 전해야 하는 일이 남았다. 가장 먼저 드리고 싶은 분은 지도교수님이었다. 늦은 나이에 공부를 시작한 나를 많이 배려하셨던 것을 잘 알고 있다. 나이 많은 제자라서 잘못한 게 있어도 섣불리 혼도 못 내고 내내 고민하셨던 날이 많았다는 것도 잘 알고 있다. 그래서 늘 감사한 마음을 잊지 않으려 한다. 이제 공부 못하던 늦깎이 제자가 책을 들고 인사를 드리러 가려 한다. 신이 나면서도 쑥스럽고 어색하지만 슬슬 적응해야 할 때가 되었다. 책을 펼치고 감사한 마음을 전할 글귀를 적고자 하였으나 워낙에 글씨가 못난 탓에 쉽게 되지 않았다. 종이에다가 이런저런 글귀로 연습했지만 역시 마음에 들지 않았다. 필기구를 바꿔가며 다시 썼으나 글씨는 역시 못난이일 뿐 더 예뻐지지는 않았다. 어떤 글을 써야 할까 문구를 정하는 데만 해도 많은 시간을 소비했다.

이후 조금이라도 더 예쁜 글씨를 위해서 여러 종류의 필기구로 쓰고 또 써봤지만 그 어떤 것도 마음에 들지 않았다. 결국 또박또박 써야만 써지는 펜과 잉크를 꺼내들었다. 잉크를 묻히고 하얀 종이에다 연습을 거듭했다. 크게 썼다가 작게 썼다가 위에 썼다가 아래에 썼다가 별별 방법으로 연습했다. 선생님께 올릴 글은 꽤 장문이어서 잉크를 여러 번 찍어가며 써야 했다. 너무 많이 찍어서 첫 글씨가 두꺼워지기도 했고 쓰다가 잉크가 모자라서 종이가 긁히기도 했다. 심혈을 기울여 쓸 수밖에 없는 필기구를 선택하고 나서야 글씨가 그나마 덜 미워졌다. 지금 와서 연습한다고 오랜 나의 글씨체가 바뀔 리는 없었다. 그저 정성을 들여 쓰면 그나마 낫겠거니 생각했고 그런 나의 노력을 알아보실 것이라는 희망을 품었다. 여러 차례의 연습을 마친 끝에 책을 펼치고 쓰기 시작했다.

감사한 마음을 듬뿍 담아 쓰려고 했지만 재주가 재주인지라 그저 평범한 문장들뿐이었다. 꼭 남기고 싶은 말이지만 왠지 낯간지러운 내용들은 아랫부분에 더욱 작은 글씨로 써 넣었다. '나에게 이렇게 빨리 기회가 올 줄 알았으면 미리 글씨 연습을 좀 해둘걸' 하는 아쉬운 생각이 들었다. 그렇지만 '이런 면도 나니까'라는 핑계를 대면서 적고자 하는 글귀를 다 적었다. 이제 이 책을 들고 선생님을 찾아뵐 일만 남았다.


선생님은 주소를 알려주시면서도 길을 찾을 생각하지 말고 마천역 2번 출구에서 전화하라고 하셨다. 내가 길치인 것을 이미 잘 알고 계시기 때문에 혼자 길을 찾으려다 고생을 할 것이 뻔하다고 생각하신 모양이었다. 버스와 지하철을 타고 점심 무렵에 마천역 2번 출구에 도착했다. 넓은 도로가 전혀 없는 작은 동네 골목이었다. 선생님께서 당부하신 대로 바로 전화를 드렸다. 그때부터 길안내가 시작되었다. 왼쪽으로 내려오면 작은 문방구가 양쪽에 있는데, 오른쪽 문방구를 끼고 돌아서 그 길로 큰 도로가 보이는 곳까지 쭉 내려오라고 하셨다. 걷는 동안 선생님의 안내를 들으며 크게 헤매지 않고 큰 도로에 도착했고 길을 건너라고 하셔서 건넜다. 그렇게 통화를 길게 하며 도착한 선생님의 공부방은 딱 내 취향이었다.

작은 싱크대와 둥근 탁자가 있고 평소에 운동을 좋아하시다보니 운동기구까지 구비되어 있었다. 어떻게 보면 작업실 같고 어떻게 보면 사무실 같은 그 공간은, 너무 깨끗하지 않아서 친근하고 부담 없이 아늑했다. 한쪽으로 문이 하나 있는데 그 문을 열고 들어가니 "와" 하고 탄성이 절로 터졌다. 마술을 부린 것처럼 바깥의 분위기와는 완전 다른 곳이었다. 넉넉하나 넓지 않고 아늑하나 좁지 않았다. 수많은 음악 CD와 LP판, DVD와 전공 서적을 비롯한 책들이 벽마다 가득차 있었다. 빈 틈이 조금이라도 있는 벽에는 어린 손주들의 그림들이 걸려 있었다.

숨겨진 선생님의 진짜 공부방은 어느 영화나 소설 속에 나오는 서재 같았다. 문을 열기 전에는 상상도 못했던 정말 아름다운 서재였다. 대부분 오래된 것들로 구성되어 역사가 깊어 보였고 경건한 느낌마저 들었다. 예스럽고 꽤 큰 책상은 무게감과 안정감이 느껴졌다. 빈틈없이 꽂혀 있는 다양한 음악과 책 속으로 빠져들고 싶었다. 그중에 하나를 꺼내 책장을 넘기면 책 속에서 뭐라도 튀어나올 것 같았다. 어떤 책 속에서는 새의 깃털로 글을 쓰는 서양인이 나타날 것 같았고, 어떤 책 속에는 전쟁중인 장수가 튀어나올 것 같았다. 또다른 책에서는 이중나선 구조인 DNA가 용수철처럼 튀어오를 것 같았다. 허름한 소파 또한 그 방과 아주 잘 어울렸다. 실내는 적당히 어두웠다. 책상에 작은 등을 하나 켜면 초인적인 집중력을 발휘할 수 있을 것 같았다. 참으로 탐나는 서재였다. 문 하나 사이에 이렇듯 다른 세상이라니…….

오래도록 그 방에 머물고 싶었지만 아쉬움을 남긴 채 서재에서 나왔다. 여기저기 책이 마구 흩어지다시피 한 둥근 탁자에 앉았다. 세상 모든 것에는 나름의 질서가 있다. 흐트러져 보이는 이 탁자에도 질서가 있을 것이다. 질서는 사람마다 기준이 달라서 타인에게는 무질서해 보여도 그 속에는 반드시 질서가 숨어 있다. 그래서 나는 어딜 가더라도 남의 책상은 함부로 건드리지 않는다.

이런저런 소소한 이야기들을 나누었다. 전국을 돌아다니던 출장 이야기며, 동네 산책하다가 만난 식물 이야기며, 하트 모양의 잎이 예뻐서 한 줄기 꺾어 저쪽에 꽂아둔 박주가리 이야기며, 소소하고 별스럽지 않은 이야기를 주고받았다. 그러다가 수줍게 책을 내밀었다. 글씨를 잘 못 쓰는 편이어서 다양한 필기구로 연습을 미리 했는데, 잉크를 찍는 펜으로 썼더니 조금은 나은 것 같더라며 글씨에 대한 열등감을 스스로 먼저 고백했다. 지금 당장 읽어보시면 어쩌나 걱정이 되었다. 마음을 담아 적은 문장들이어서 낯간지럽고 민망함을 이길 자신이 없었다. 나의 그런 의중을 읽으셨는지 선생님께선 책의 내용만 가볍게 보시고 책을 덮으셨다. 다행이었다. 잉크를 찍어서 글씨를 쓸 때마다 느껴지는 거칠거칠한 종이 느낌이 좋았다는 이야기를 했다. 짧은 편지 같은 글들을 적는 동안 몇 자 쓰고 잉크 찍고 또 몇 자 쓰고 잉크 찍고를 반복하다보니, 어떤 글씨는 두껍고 어떤 글씨는 얄팍해서 안 그래도 못 쓴 글씨가 더 못나 보인다는 말을 들으시던 선생님께서 이런 말씀을 하셨다.

"회양목 알지? 회양목을 이용하면 만년필처럼 쓸 수 있어. 한번 잉크를 찍으면 꽤 오랫동안 다시 찍지 않고 글씨를 쓸 수 있는데 그거 몰라?"

"모르는데요? 좀 가르쳐주세요. 회양목이야 어디든 있으니 오늘 당장 가서 한번 해보게요. 우리 동네도 버스 정류소에서 집으로 걸어가는 길에 회양목이 많아요."

나는 착실히 그 방법을 배워서 집으로 돌아왔다. 오는 길에 집 근처에서 회양목 잎을 몇 개 땄다. 배운 것은 바로 써먹어야 오래 기억할 수 있고 무엇보다도 진짜 가능한지 궁금해서 내일로 미룰 수가 없었다. 선생님 말씀만 들었을 때는 솔직히 좀 의아했다. 잎 아랫부분과 끝부분을 조금씩 잘라버리고 잎 사이에 펜을 꽂으면 만년필처럼 쓸 수 있다는 말이 잘 이해되지 않았다.

'잎 사이에 펜을 꽂는다? 어떻게 꽂는다는 걸까?'

궁금증을 빨리 해결하기 위해서 빠른 속도로 걸어서 집에 도착했다. 그러고는 당장 배운 대로 해보았다. 가방을 멘 채로 가위를 찾았고 선생님의 말씀대로 잎 아랫부분과 끝부분을 잘랐다. 회양목은 상록수다보니 다른 식물들보다 잎이 조금 두껍고 주맥이 아주 선명하게 있다. 자른 단면을 들여다보니 그냥 얄팍하고 평범한 잎이었다.

아무리 잎이 두껍다 하더라도 그저 나뭇잎인데 그 사이에 펜이 들어갈까 싶었다. 자른 단면에서 주맥이 있는 부분에 펜 끝을 찔러넣었다. 어라? 그랬더니 틈이 생겼다. 조금씩 살살 밀어넣었더니 펜이 잎 앞면과 뒷면 사이의 주맥을 따라 들어가서 다른 쪽 단면으로 그 끝이 빠져나왔다. 잎은 전혀 망가지거나 상하지 않았다. 날카로운 펜 끝은 잎을 찌르지도 않았고 찢지도 않았다. 잎 속에 내가 모르던 또다른 공간이 숨겨져 있었다. 잎 앞면과 뒷면이 하나가 아니라 두 장이 겹쳐져 교묘하게 밀착된 형태로 되어 있었던 것이다.

펜은 조끼를 입은 것 같은 모양이 되었다. 펜의 등 쪽은 볼록하고 배 쪽은 오목했다. 등 쪽은 잎이 밀착되었지만 오목한 부분은 주머니 같은 공간이 생겼다. 펜을 잉크에다 푹 담그면 그 주머니에 잉크가 들어가고 펜 끝으로 아주 조금씩 흘러내려갈 수 있는 구조의 공간이 생성되었다. 그런 이유로 펜은 보다 많은 양의 잉크를 머금을 수 있고 공기 중에 노출되지 않으니 쉽게 마르지도 않았다. 만년필처럼 한번 찍어서 꽤 오래 사용할 수 있게 된 것이다.

그후로 나는 펜을 사용해야 하는 경우에 회양목 잎을 이용했다. 회양목은 상록수이니 겨울에도 싱싱한 잎을 구할 수 있다. 구하기도 쉽고 돈도 들지 않는 이 방법은 나에게 아주 유용했다. 앞으로도 계속 이 방법을 쓸 것이다. 그 어떤 명품 만년필을 이에 비할 수 있을까. 나의 선생님 덕분에, 나는 최고의 명품 만년필을 제작할 수 있는 능력이 생겼다.

고의적 실험 첫번째,
은행

은행나무 / *Ginkgo biloba*

산에 다니면서 열매를 보면 따서 생각 없이 입으로 가지고 가는 편이다. 함께 동행했던 어떤 이들은 그런 나를 걱정했다.

"그거 먹을 수 있는 거 맞아? 알지도 못하고 그렇게 먹으면 어떻게 해."

이런 말을 여러 번 들었다. 맛이 궁금한 식물의 잎이나 열매를 가끔 먹어보는데 검증되지 않은 것은 아주 조금 맛보는 정도였다. 독이 강한 식물의 잎으로 시도해본 적도 있다. 잎을 쌀알 정도의 크기로 떼내어 혀끝에 올리고 잘근잘근 씹어서 뱉었다. 이후 혀와 목구멍이 따끔거리고 입술의 감각이 둔해지는 느낌을 받았다. 증상은 오래가지 않았지만 아주 적은 양을 삼키지도 않았는데 이 정도라면 '많은 양은 정말 사람을 죽게 할 수도 있겠구나'라는 생각이 들었다. 그것은 천남성과에 속하는 앉은부채의 잎이었다. 천남성과의 식물들은 대체로 강한 독을 가지고 있고 사약의 재료로도 사용되었다고 알려져 있다. 그런 경험을 한 후에도, 독성이 다 다를 것인데 각각의 독이 사람 몸에 어떤 반응을 일으키는지에 대한 궁금증은 쉽게 사라지지 않았다.

수년이 지난 후 결국 나는 다시 식물을 소재로 의도적으로 실험을 감행하기로 했다. 식물의 정제되지 않은 자연 독에 대한 호기심으로 이번엔 좀더 독하게 독을 마주하기로 했다. 식물을 식용하거나 약으로 이용하는 경우도 아주 많지만 독이 있는 식물도 생각보다 많다. 그중에 일부는 사람의 생명을 앗을 수도 있다. 또 식용이 가능하다 하더라도 사람에 따라서 알레르기 반응을 일으키는 경우도 있다. 그래서 식물은 항상 조심해야 한다. 나는 식물의 그런 독성에 내 몸이 어떻게 반응하는지 늘 궁금했다. 그래서 나 자신을 대상으로 고의적 실험을 해보기로 마음먹었다. 독성이 있는 식재료 중에 하나를 골라서 허용치를 약간 초과하는 정도가 좋겠다고 생각했다.

실제로 독이 있는 식물을 구하기는 어렵지 않았다. 우리 생활 속 깊숙이 들어와 있는 식물들이 많았고 숲속 식물도 꽤 많았다. 단 조리 방법에 따라서 해독이 되는 경우도 있고, 한 꺼번에 너무 많이 먹지 말라고 제한하는 것들도 있다.

첫번째 실험 재료로 내가 선택한 것은 바로 은행銀杏이었다. 은행은 누구나가 다 아는 식재료이다. 은행나무는 암수딴 그루로 암나무에만 열매가 달린다. 가을이 되어 익으면 열매는 저절로 땅에 떨어진다. 누런색의 겉껍질 속에는 같은 색깔의 물컹한 과육이 들어 있는데, 그 과육에서 고약한 냄새가 난다. 피부에 묻으면 알레르기 반응을 일으키는 경우가 많다. 나무에 달려 있을 때는 냄새가 나지 않지만 땅에 떨어져 자극을 받으면 아주 고약한 냄새가 난다. 가을에 가로수로 심어진 은행나무 아래를 걸을 때 열매를 밟지 않도록 조심해야 한다. 실수로 밟기라도 하면 그 냄새가 집 안까지 들어오기 때문이다. 열매가 달리지 않는 수그루를 가로수로 심었으면 좋았겠지만 어린 묘목으로 암수를 구분하기는 불가능하다. 그래서 가을이면 예쁜 단풍을 즐기는 대가로 냄새를 견뎌야 한다. 냄새의 범인인 과육을 제거하면 딱딱한 씨앗 껍질이 있는데 보통 두줄의 능선이 있고 가끔 세 줄인 것도 있다. 그 껍질을 제거한후 그 안쪽을 식용으로 사용한다.*

은행에 대한 정보는 아주 손쉽게 얻을 수 있다. 널리 이용되는 식재료이면서 사람과 가까운 곳에서 쉽게 접할 수 있는 식물이기 때문이다. 간단한 검색만으로도 메틸피리독신 methylpyridoxine, 아미그달린 amygdalin 등의 독성에 대해서 기본적인 정보를 얻을 수 있다. 약용으로도 널리 사용이 되지만 독성에 대한 경고도 만만치 않다. 성인은 하루 10알 이상, 어린이는 2알 이상 먹지 말라는 말은 흔히 하는 말이며 나도 이미 알고 있는 내용이었다. 그러나 그 이상을 먹으면 어떤 증상이 나타나 길래 먹지 말라는 것일까? 그 궁금증을 해결하기로 했다.

딱딱한 종피까지 제거된, 일반적으로 구워먹을 때 상태의 은행 15알을 준비했다. 스테인리스 냄비에다 집어넣고 머그잔 두 잔의 물을 부었다. 가스레인지에 올려서 가열했다. 정확한 가열 시간은 기억이 나지 않는다. 그러나 40분은 족히 가열했을 것이다. 물의 양이 절반이 될 때까지 가열하자는 계

---

* 은행나무는 배주 즉 밑씨가 밖으로 노출된 겉씨식물이다. 따라서 열매라고 한 것이 사실은 종자이며, 과육이라고 한 것은 육질의 외종피(종자의 바깥쪽 껍질)라고 하고 종의(씨앗의 옷)라고 하기도 한다. 그 안에 딱딱한 내종피(종자의 안쪽 껍질)와 또 그 안쪽에 막질의 내종피가 이중으로 있다. 따라서 나무에 달린 은행을 열매가 아닌, 씨앗 또는 종자라고 해야 정확한 표현이다. 그러나 여기서는, 통상적으로 열매라고 부르기도 하거니와, 글의 성격상 또 독자의 이해를 편리하게 하기 위해서 "열매"라고 했으며 물컹한 외종피를 "과육"이라고 하였다.

획이었기에 시간을 정확하게 측정하지는 않았다. 물이 절반으로 줄었을 때 불을 끄고 마시기 좋게 식혔다. 후루룩 마실 수 있는 온도로 식었다고 판단되었을 때 평소 사용하는 머그잔에다 부었다. 보기 좋게 적당한 양으로 딱 한 잔이었다. 은행의 색은 정도의 차이가 약간 있을 뿐 다 비슷비슷했다. 겉껍질이나 과육이나 딱딱한 종피나 날것인 은행알이나 그것을 달인 물이나 다 비슷한 색깔이었다. 누런색의 액체를 들여다보며 잠깐 망설였다. '이걸 마시고 내가 온전할 수 있을까?' 걱정도 되었다. 그러나 이미 준비한 일이니 끝을 보자 싶었다.

주저없이 마셨다. 따뜻해서 목 넘김이 나쁘지 않았다. 맛있지는 않았지만 먹기에 크게 괴롭지도 않았다. 평소에 쓴 것을 남들보다 잘 먹는 경향이 있었기 때문에 그다지 어렵지 않게 한 잔을 다 마실 수 있었다. 은행 독에 대한 몸의 반응은 생각보다 빨리 나타났다. 마신 후 바로 속이 메슥거리기 시작해서 화장실로 뛰어갔다. 뭔가 잘못되었다는 것을 직감했다. 이렇게 빨리 또 독하게 반응이 올 줄은 미처 몰랐다. 어지럼증과 구토가 이어지는 그 와중에도 정신이 바짝 차려졌다. 어떻게 조치를 취할 것인가를 생각했다.

'119에 전화를 해야 하나. 전화를 해서 뭐라고 하지? 실험을 했다고 해야 하나?'

조금만 더 참아보기로 했다. 잠깐 시간이 지난 후에도 증상이 지속되거나 더 심해지면 구급차를 불러야겠다고 마음먹고 휴대폰을 손에 쥔 채 진정하기 위해 애썼다. 시간이 좀 지난 후에도 쉽게 가라앉지는 않았지만 더 심해지지도 않았다. 좀 더 기다리기로 했고 다행히 시간이 점차 지날수록 구토 증상도 약해지기 시작했다. 침대로 가서 드러누워 꼼짝하지 않았다. 이후 비교적 빠르게 회복이 되었다. 아마도 곧바로 구토를 한 것이 도움이 되는 것 같았다. 몸속에 독이 더 스며들기 전에 다 토해낸 게 다행이라는 생각이 들었다. 한마디로 무모했고 그 실험으로 나는 적잖이 겁을 먹었지만, 그 독을 이긴 것에 대해 약간은 우쭐한 마음도 없지 않았다. 그러나 부정할 수 없이 위험했고 다시는 그런 일을 벌이지 않겠노라 마음먹었다.

메틸피리독신은 은행을 삶았을 때와 쪘을 때와 볶았을 때를 비교하면, 볶았을 때 해독이 가장 잘 되며 비교적 짧은 시간을 조리해도 식용했을 때 부작용의 위험을 크게 감소시킬 수 있다고 한다. 아마 손쉽게 가정에서 요리해 먹을 때 주로 볶아서 먹는 이유가 이것 때문일 것이다. 그다음으로는 삶았을 때가 해독이 잘 되며 오래 삶을수록 독성이 줄어든다고 한다. 그러나 그것은 삶은 후 은행 알맹이에 남는 독에 대한 이야기다. 내가 먹은 것은 삶은 은행이 아니라 은행을 삶은 물을 차처럼 아주 진하게 마신 것이다. 감히 차라고 부르기 어려운 그 액체에 메틸피리독신의 함량은 과연 얼마였을까? 나는 아직도 그것이 궁금하다.

고의적 실험 두번째,
낭탕근

미치광이풀 / Scopolia parviflora

은행을 재료로 고의적 실험을 한 후 다시 몇 년이 지났다. 망각은 점점 나의 긴장을 풀어놓았다. 은행으로 실험을 한 기억은 선명하지만 당황스럽고 두려웠던 감정은 점차 희미해져갔다. 다시는 그런 짓을 하지 않겠다던 다짐은 까맣게 잊어버렸다. 머릿속으로 다시 새로운 실험을 기획하고 있었다. 이번에는 좀더 정확한 기록을 남기자는 계획까지 했다.

어느 해, 숲이 무성해질 때 나는 강원도 광덕산에서 미치광이풀 한 뿌리를 집으로 가지고 왔다. 미치광이풀은 이름부터가 괴기스러운 식물이다. 독성이 강해서 많이 먹게 되면 사람을 미치게 하는 식물이라는 뜻에서 이름이 유래되었다고 전해진다. 말이나 소가 먹어도 미쳐 날뛰게 된다는 말도 있다. 낭탕근莨菪根이라는 땅속줄기는 미량을 진통제나 경련을 안정시키는 약으로 사용하긴 하지만 많이 먹게 되면 미쳐 날뛰고 환영을 보게 된다고 한다. 뿌리줄기뿐만 아니라 식물체 전체에 독성이 있다고 알려져 있고 미치광이풀의 독성에 대해서는 동의보감에도 언급되어 있다. 주요성분은 스코폴라민 Scopoliamine과 히요시아민hyoscyamine이 대표적인데, 식물에서 유래한 물질 중 세계 10대 의약품에 속하기도 한다. 스코폴라민은 미치광이풀과 같은 속屬에 속하는 식물의 속명을 딴 이름이다. 이 약은 중추신경에 관여하며 부교감 신경의 마비 효과를 가지고 있다고 한다. 진통, 진정 등 다양한 효과가 있지만 극소량을 약으로 사용할 뿐이다.

미치광이풀은 이름처럼 봄에 싹이 날 때도 파릇파릇하지 않다. 검은 자주색으로 뚱뚱하게 올라온다. 주로 깊은 숲속 음습한 곳에서 작은 군집을 이루고, 그런 군집이 여럿 모여 더 큰 군집을 이루는 경우가 흔하다. 뿌리줄기로도 번식하다보니 가까이에 새로운 개체가 올라오기 때문일 것이다. 시커먼 어린싹들이 쑥쑥 올라와 모여 있는 것을 만나면 깜짝 놀라서 등골이 오싹해질 때도 있다. 도저히 예쁘다고 하기 어려운 식물이다. 자랄수록 잎은 점점 초록색을 되찾게 되고 그때는 괴기스러움이 사라진다. 꽃은 어린 순과 비슷한 검은 자주색인데 종 모양으로 피고, 꽃이 지면 잎이 더욱 무성해진다. 열매가 자라고 있을 즈음 한 뿌리를 캤고 나의 검지 크기만 한 땅속줄기 한 조각을 가지고 실험하기로 했다.

집으로 가지고 온 재료를 깨끗이 씻었다. 그런 다음 생강편을 썰듯이 적절한 두께로 썰었다. 작은 냄비에 모두 넣고 머그잔으로 두 잔의 물을 부었다. 은행을 달일 때와 같은 방법으로 낭탕근을 달였다. 달이는 동안에 고소한 향기가 집 안에 퍼졌고 그 향기만으로는 도저히 독초라고 짐작하기 어려울 정도였다. 약 한 시간 가까이 달여서 물을 절반으로 줄였다. 그런 다음 마시지 않고 보온병에 담았다. 은행으로 식겁한 경험이 있었기 때문에 혹시나 모를 때를 대비해야 했다. 혹시 의식을 잃거나 환영을 볼 정도로 정신이 혼미해지면 혼자서는 구급차를 부를 상황이 못 될 수도 있다는 생각이 들었다. 그래서 급박한 상황에 대처해줄 누군가가 있을 때 먹기로 했다. 다음 날 그 보온병을 들고 출근했다.

함께 일하는 동료들에게 미치광이풀로 진한 차를 끓여왔다고 말했다. 몇몇 동료가 호기심을 보였다. 종이컵에 부었더니 가득 한 잔이었다. 이 식물은 아주 강한 독성이 있는 식물이고 그 독성이 어떤 반응을 일으키는지 궁금하여 준비했다고 말했다. 동료들 중 세 사람이 먹어보고 싶다는 의사를 보였다. 독성이 강한 식물이라서 먹고 난 후 무슨 일이 일어날지 알 수 없다고 겁을 주었으나 통하지 않았다. 그들의 호기심도 꽤 유별났다. 그래서 정확히 4분의 1로 나누었다. 나를 포함하여 피실험자 넷이서 둘러앉아 똑같은 양이 든 종이컵을 나누어 가졌다.

나는 다시 한번 의견을 물었다. "이 식물은 말 그대로 강한 독이 있는 식물이므로 먹고 난 후 반응이 어떨지 나도 모른다. 그러니 지금이라도 포기해도 좋다"라는 말을 다시 한 번 했다. 그러나 아무도 포기할 마음이 없었다. 비장한 마음으로 둘러앉아서 함께 마시기로 했다. 우리는 그때 당시에 다 같이 겁을 상실한 상태였다. 뭘 믿고 그랬는지 잘 모르겠지만 어쨌든 뒷일은 염두에 두지 않았다.

하나, 둘, 셋을 헤아리고 같은 양을 동시에 마셨다. 너무 쓰거나 맵거나 하는 맛은 아니어서 음용하는 데 어려움은 없었다. 쌉싸름하면서도 뒷맛이 달짝지근했다. 어떤 반응이 나타날까 두려움 반 기대 반으로 시간을 조금씩 보내고 있었다. 내 앞엔 증상이 나타나면 적어야지 하는 마음으로 놓아둔 A4용지 한 장과 필기구가 있었다. 30분도 채 지나지 않아서 반응이 나타나기 시작했다. 문제는 그 반응이 생각했던 것보다 훨씬 강하다는 것이었다.

우리는 모두 당황하기 시작했다. 독에 대한 반응은 사람마다 모두 달랐는데 한 가지 특징은 각자가 가진 약점에 독이 반응한다는 것이었다. 공통적으로 동공이 확장되었다. 또 난시 증상이 나타나고 소화 기능에 문제가 나타나는데 사람마다 심각한 차이가 있었다. 각자 다른 증상이 나타나기도 했다. 얼굴과 눈이 붉어지기도 하고, 배탈이 나고, 구강건조증이 나타났다. 원래 난시를 가진 사람은 난시가 더욱 심해졌다. 컴퓨터 자판이나 모니터의 글씨를 알아보기 어려워서 일하는데 지장이 생겼다. 의식을 잃거나 헛것을 보거나 하는 심각한 증상이 나타나는 사람은 다행히 없었다. 그러나 다른 증상이 점점 심해져 일단 퇴근하여 집에서 안정을 취하는 방법밖에 없었다. 그렇게 우리는 미지의 독을 품은 채 퇴근했다. 증세가 심해지지는 않았지만, 걱정과 함께 긴 밤을 보냈다.

다음날 아침 나는 출근했다. 증상이 완전히 괜찮아지진 않았지만 출근을 못할 정도는 아니었다. 다른 사람들도 나와 비슷한 강도로 독을 체험했으려니 하는 마음이었다. 출근 후부터는 겁이 덜컥 나기 시작했다. 어제까지만 해도 '이러다 말겠지'라는 생각에 걱정은 되었지만 크게 두렵지는 않았다. 그러나 음용한 네 사람 중 두 사람이 출근을 못하고 말았다. 나와 나보다 열 살쯤 위인 남자 피실험자만 출근했고 나보다 두세 살 많은 여자 피실험자 두 명은 출근을 못한 것이다. 출근한 피실험자는 소화 기능이 약해 늘 고생하는 사람이었는데 밤새 화장실을 들락거리느라 한잠도 못 잤다고 했다. 다른 심각한 증상은 크게 없었다고 하니 다행이라고 해야 할지 갈피를 잡을 수 없었다.

여자 피실험자 한 사람은 늦은 밤까지 난시 증상이 점점 심해져서 결국 병원 응급실로 갔고, 솔직하게 독초를 음용했다는 말을 털어놓았다고 한다. 그러나 해결 방법은 아무도 모르는 상태였다. 그저 시간이 지나서 몸에서 저절로 해독되기를 바랄 수밖에 없었다.

또다른 여자 피실험자는 퇴근 후에 버스를 타고 어딘가에

갔다 왔는데 어디를 갔다 왔는지 기억이 잘 안 난다고 했다. 이후에 어떻게 된 일인지 가방을 찾으러 오라고 동네 마트에서 연락이 왔고 다행히 가방은 무사히 찾았다. 그러나 가방이 왜 거기에 있는지 기억하지 못했다. 마침 같은 동네에 살고 있어서 결근한 것이 걱정되어 퇴근길에 잠깐 만나자고 했다. 버스정류소에서 만났을 때 나는 "어?" 소리밖에 나지 않았다. 평소에 아토피나 기타 피부질환으로 고생을 하던 그 피실험자는 피부가 평소보다 약간 검게 변해 있었다. 사극 드라마에 자주 등장하는 독에 중독된 사람의 증상이 내 눈앞에 펼쳐져 있었다. '내가 큰일을 낼 뻔했구나' 아찔한 생각이 들었다. 다행스럽게도 그다음날은 모두들 출근할 수 있었다. 증상이 완전히 회복되지는 않았지만 일상생활에 큰 지장을 줄 시기는 지난 듯했다.

독에 대한 증상이 완전히 사라지고 평소와 같은 컨디션으로 완벽하게 회복되기까지는 며칠이 더 걸렸다. 일련의 사건으로 직장 내에 약간의 소동이 있었다. 대부분의 사람들은 그 소동의 진위를 아직도 모른다. 우리는 모두 그 무모한 실험에

참가한 것에 대해서는 입을 다물었다. 나를 제외한 세 사람은 종종 나에게 공치사했다.

"미치광이풀을 우리가 나눠 먹지 않고 너 혼자 먹었으면 어떻게 됐겠냐? 너를 우리가 살린 거야."

나는 웃으며 뻔뻔하게 되받아쳤다.

"나처럼 무모하고 엉뚱한 사람과 친하다보니 이런 특별한 경험도 할 수 있었잖아요. 나 아니면 누가 이런 짓을 하겠어요?"

그렇게 아무렇지도 않게 말을 하지만 사실 그때 겁먹은 것을 어찌 다 말로 할 수 있을까. 이 일로 인하여 주변 사람들로부터 적지 않은 꾸지람을 들었다. 한결같이 하는 말이 다시는 그런 짓을 하지 말라는 것이었다. 누가 하지 말라고 말리지 않아도 절대로 다시는 어떠한 독초도 먹지 않을 것이라고 혼자 굳게 다짐했다. 이후 그 어떤 식물로도 그런 실험을 하지 않았다. 성분에 대해 모르거나 먹어본 경험이 없는 것은 절대로 먹지도 않았다. 다른 사람에게도 무조건 아무것이나 먹지 말라고 당부한다.

어쩌면 현존하는 사람 중에 미치광이풀로 임상실험을 해본 사람은 더이상 없을지도 모른다. 식물에 대한 사랑이 지독한 독을 경험하게 했지만, 상처라면 상처일 수 있는 그 기억을 잊고 싶지 않았다. 사실은 그것마저도 아름다운 기억으로 마음에 남았다. 그렇게 식물을 사랑하는 일에 때로는 목숨을 걸기도 했다. 아무도 알지 못하는 정제되지 않은 미지의 자연 독에 대한 경험을 잊지 않기 위해 기록을 남겼다. 독에 취해 정신이 없는 와중에도 애초 계획한 목적을 잊지 않았다. 생각보다 증상이 무시무시하여 두려웠고, 당황했으며, 그 때문에 더 상세히 남기지 못한 것이 조금은 아쉽다. 그 기록을 지금도 고이 간직하고 있다. 나에게는 아주 절절한 사랑 고백이 담긴 연애편지이기도 하다.

# 나비 애벌레를
# 이사시키고

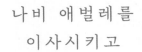

쥐방울덩굴 / *Aristolochia contorta*
사향제비나비 / *Byasa alcinous*
꼬리명주나비 / *Sericinus montela*

초가을이다. 아니 늦여름인가? 밤으로는 공기가 선선해졌지만 낮으로는 찌는 듯한 더위와 햇볕이 강한 여름 날씨를 유지하고 있는 계절이다. 쪽문으로 나가 텃밭을 통과해서 몇 발짝 더 갔을까? 어제와 뭔가 달라졌다는 것을 느꼈다. 왠지 모를 이상한 느낌으로 주위를 살폈다. 길옆에 염소 몇 마리를 방목하는 곳이 있고 염소가 탈출하지 못하도록 울타리가 쳐져 있었다. 그 울타리를 타고 오르는 식물들이 더러 있는데 주로 환삼덩굴과 돌콩과 쥐방울덩굴이다. 그들이 모두 시들시들했다. 어제 낮에 볼 때만 해도 싱싱했던 것 같은데 하루 만에 무슨 일이 있었던 것일까?

살펴보니 줄기 아랫부분이 잘라져 있었다. 울타리를 타고 오르는 것을 방지하기 위해서 자른 것이다. 그런 행동을 굳이 나무랄 생각은 없다. 그것도 사람에게는 필요한 일이므로. 시골길에서는 이러한 일을 허다하게 볼 수 있다. 특히 농사철에는 무성하게 자라서 밭 가장자리나 밭둑을 기어올라 침입하려는 풀들이 많다. 그러한 식물들은 농사꾼에게는 잡초이며 천하에 쓸모가 없고 오히려 피해를 입힌다. 그런 식물들을 제거하는 것은 당연한 일이다. 또 농부는 필요 이상으로 과하게 풀들을 자르지 않는다. 경작지와 농작물을 보호하기 위한 정도로만 제거한다. 그러니 이런 일에 굳이 마음을 쓸 일은 아니다. 그런데 왜 자꾸 돌아보게 됐을까?

그중 쥐방울덩굴을 유심히 살폈다. 요즘은 꼬리명주나비와 사향제비나비 애벌레들이 열심히 잎을 갉아먹으며 자라고 있을 시기다. 그러니 혹시 여기도 그들이 있을까 싶어서였다. 우리 동네에는 쥐방울덩굴이 비교적 흔한 편이다. 그래서 한꺼번에 많은 알을 낳는 꼬리명주나비가 아주 흔하게 관찰된다. 보통 일 년에 세 번 나타나는데, 그때가 되면 쥐방울덩굴 자생지 주변에서 우아하고 기품 있게 날갯짓을 하는 나비들을 만날 수 있다. 암컷은 날개에 노르스름한 줄무늬가 있긴 하지만 검은색이 주를 이룬다. 반면에 수컷은 미색*色이 주를 이루고 검은 무늬가 있다. 색이 달라서 서로 다른 나비로 착각할 수도 있다. 꼬리가 긴 나비들이 날개를 펄럭이지 않고 활공을 할 때면 그들의 시각이 궁금하다. 나비들은 무엇을 보고 있을까? 나비의 눈에는 무질서한 풀밭이 어떻게 보일까? 그들의 움직임에 매력을 느끼는 나로서는 혹시 애벌레가 있나 유심히 살펴보지 않을 수 없었다. 그러다가 다른 애벌레를 발견했다. 사향제비나비의 애벌레였다.

사향제비나비 성충은 거의 검은색에 가깝다. 수컷은 보다 검고 암컷은 회갈색을 띤다. 알과 애벌레와 번데기가 종종 발견되지만 성충을 보기는 꼬리명주나비보다는 어렵다. 꼬리명주나비는 자기가 태어난 곳 주변을 떠나지 않고 맴도는데, 사향제비나비는 우화하고 난 후 그 자리를 떠나서 살아가기 때문이다. 그리고 다시 짝짓기를 하고 알을 낳을 때 태어난 곳으로 돌아온다. 그렇게 자신의 먹이식물인 쥐방울덩굴에 알을 낳는다. 자신이 태어나서 자란 곳이므로 자식들도 살아남을 수 있다고 확신하는 것 같다. 잎 뒷면에 줄무늬가 있는 갈색의 알을 띄엄띄엄 낳는다. 하나의 잎에 간격을 두고 몇 개씩 낳기도 하고 또다른 잎에 낳기도 한다. 주로 줄기 윗부분보다는 아랫부분에 알을 낳는 경향을 보인다.

알이 부화되면 애벌레들은 알과 마찬가지로 약간씩 거리를 두고 활동한다. 몸통은 검정색에 가까운 고동색이고, 중간 부분에 새하얀 넓은 띠를 두르고, 몸통 전체에 피부와 같은 질감의 부드러운 돌기가 있다. 몸의 흰색 부분에 난 돌기들은 희고 검은색 부분에 난 것들은 검은데 뒷부분에는 검은색 바탕에 흰색의 돌기가 몇 개 있다. 머리 부분에 두 개의 취각*은 몸속에 숨겨져 있다가 위기의식을 느끼면 상대를 쫓기 위해서 주황색으로 솟아오른다.

잘려서 시들어가는 쥐방울덩굴에서 꽤 자란 사향제비나비 애벌레를 만났다. 잠시 망설였다. 나는 자연상태에서 발생하는 현상들에는 별로 관여하지 않는다. 그냥 그들이 알아서 하도록 내버려두고 멀찍이 서서 관망하는 자세는 취한다. 그러나 오늘은 다른 생각이 스멀스멀 피어올랐다. 이들은 사람의 손길로 인해 위기에 처하게 되었다. 물론 사람에게는 필요한 일이었다. 뻔히 알면서도 사람의 손길이 닿았다는 이유로 이들을 도와주고 싶어졌다. 사람에 의해 일어난 일이니 사람

---

* 냄새뿔.

손으로 원래대로 돌려주자는 마음이 생긴 것이다. 이기적인 생각일지라도 굳이 합리화하고 싶어졌다.

　나는 애벌레가 매달린 시들어가는 쥐방울덩굴 줄기를 적당한 위치에서 잘랐다. 줄기를 자르는 순간 예기치 못한 간섭을 느낀 애벌레들이 꿈틀거렸다. 애벌레가 달린 줄기를 들고 걷기 시작했다. 멀지 않은 곳에 적당한 면적의 풀밭이 있었다. 거기에는 꼬리명주나비 애벌레도 새카맣게 떼로 붙어 자라고 있지만, 쥐방울덩굴이 많이 자생하고 있어서 이들이 먹을 것들도 충분할 것이라고 생각했다.

　되도록 덜 흔들리도록 조심해서 걸었지만 애벌레들의 꿈틀거림은 이전과는 달라졌다. 애벌레들이 느린 것 같지만 목적을 가지고 움직이면 짧은 시간에 꽤 먼 거리를 이동할 수 있다. 물론 사람의 이동거리와 비교할 바는 못 된다. 아래로 향해 있던 애벌레들이 갑자기 방향을 바꾸기 시작하더니 위로 올라오기 시작했다. 윗부분을 향해 있는 녀석들도 덩달아 위로 기어오르기 시작했다. 그들의 속도를 잘 알기 때문에 당황할 수밖에 없었다. 몸의 돌기들이 파도치듯이 움직이며 자꾸만 위로 기어올라왔다.

"으악, 안 돼. 이러지마, 제발."

나는 소리치며 더욱 빨리 걸었다. 약 100미터밖에 안 되는 거리가 이렇게 멀 줄이야. 그렇다고 뛸 수도 없었다. 혹시 애벌레들이 길바닥에 떨어지면 더 곤란해지기 때문이다. 그러나 그것도 나의 기우일 뿐 애벌레들은 힘이 아주 세다. 목적을 가지고 어딘가에 달라붙으면 그걸 힘으로 떼기는 어렵다. 힘을 가하면 가할수록 그들은 더 세게 붙잡는다. 몸통이 터져서 체액이 나오더라도 떨어지지 않는다. 그래서 애벌레들을 다른 곳으로 옮기려면 그들이 자연스럽게 옮겨지도록 유도해야 한다. 숲에 애벌레가 많이 발생하는 5월이나 6월에는 나무 아래를 걷는 사람의 배낭이나 모자나 옷자락에 붙는 수가 생긴다. 그럴 때는 사람의 손으로 뗄 수 없다. 설사 애벌레를 잘 만지는 사람이라 하더라도 손으로 떼려고 하면 할수록 그들은 더 달라붙는다. 나뭇가지를 이용해 떼려 해도 그들은 위협을 느끼고 더 강하게 안전하다고 여기는 곳에 붙어 있으려 한다. 그럴 때는 나뭇잎을 이용하면 쉽게 뗄 수 있다. 나뭇잎 한 장을 애벌레가 기어가는 방향 앞에다 놓으면 그들은 자연스럽게 기어 잎 위로 올라간다. 그런 뒤 그 잎을 숲에다 돌려주면 된다. 나는 애벌레를 무서워하지는 않지만 공교롭게도 만질 줄은 모른다. 이들이 계속 기어올라서 내 손에 닿을까 겁을 잔뜩 먹고 열심히 걸었다. 그들이 손에 닿기 직전에 쥐방울덩굴이 무성한 곳에 도착했다. 서둘러 시든 줄기를 싱싱하게 살아 있는 줄기에 거의 던지듯이 올려놓았다. 사향제비나비 애벌레들은 아주 빠른 속도로 쥐방울덩굴 속으로 기어들어갔다.

아마도 나의 간섭으로 예기치 못한 충격을 받았을 것이다. 살리려는 나의 의지와는 상관없이 그들은 위험을 느꼈을 것이다. 그러니 더욱 빠른 속도로 쥐방울덩굴의 덩굴 속으로 숨어들었을 것이다. 그곳에는 이미 꼬리명주나비 애벌레들이 여기저기 까맣게 매달려 있었다. 우아한 성충과는 다르게 그저 평범한 벌레 같은 애벌레들은 식성이 아주 좋다. 특히 단체로 모여 있어서 주변 쥐방울덩굴의 잎이 태반은 사라지고 없었다. 이런 곳에 사향제비나비까지 이사를 왔으니 쥐방울덩굴 입장에서는 여간 곤란한 일이 아닐 것이다. 그러나 그 역시 그들이 알아서 할 일일 뿐 내가 관여할 일이 아니란 것을 알고 있다. 이제 이 풀밭에 살고 있는 쥐방울덩굴이 이 두 종의 나비가 먹기에 충분하기를 바랄 뿐이다. 그러고도 일부가 살아

남아 꽃이 피고 열매를 맺을 수 있기를 바라는 것만이 내가 할 수 있는 일의 전부다.

사향제비나비 애벌레가 몸을 숨기는 것을 확인하고는 얼른 일어나서 재빠르게 그 자리를 떠났다. 쥐방울덩굴이 째려보는지 뒤통수가 따가웠다.

3부

잠깐

머무는 중이야

# 나 홀로 캠핑,
# 4박 5일 마이너스 비

투구꽃 / *Aconitum jaluense*

나 홀로 하는 캠핑이 시작되었다. 작고 노란 텐트 집을 숲 속에다 짓고서 그 안에 혼자 앉았다. 설레기도 하고 무서운 생각도 들었다. 이미 날은 어두워져가고 있고 풀벌레 소리가 요란했다. 사방이 나무로 둘러싸인 숲속이라서 날이 더 어둡게 느껴졌다. 계절은 이미 가을로 들어섰다.

캠핑 기간은 4박 5일이다. 오늘은 그 첫째 날이다. 이 캠핑에는 규칙이 몇 가지 있다. 위험하다 느끼면 언제든지 산에서 내려가도 된다. 더이상 혼자만의 시간이 의미가 없겠다 느껴지면 역시 내려가도 된다. 어떤 경우든 자의로 산에서 내려갈 수 있다. 그러니 이 캠핑에는 실패란 없다. 음식은 비상식량만 제공된다. 거의 금식이라고 보면 될 것이다. 물은 충분히 제공된다. 전자기기를 지참할 수 없다. 책도 지참할 수 없으나 일기장은 예외다. 이런 규칙으로 인하여 산 아래 생활에서 매일같이 사용하던 거의 모든 것들을 두고 와야 했다. 내가 챙길 수 있는 것은 작은 노트 하나와 연필 한 자루뿐이었다.

　캠핑이라면 여러 번의 경험이 있었다. 주로 식물탐사를 할 때 산에서 밤을 보내는 경우였다. 최소한의 장비로 하는 캠핑이라 즐기기 위한 캠핑과는 성격이 달랐다. 음식물쓰레기를 최소화하기 위해 모든 식재료들은 깨끗하게 다듬어 바로 조리할 수 있도록 준비했었다. 양 조절에 실패해 음식이 남으면 배가 부르더라도 모두 공평하게 나눠먹었다. 설거지는 늘 불교식이었다. 그래도 그릇에 묻은 것들은 휴지 한 장으로 닦았다. 한 끼 음식을 해 먹고도 남는 쓰레기는 휴지 몇 장이면 충분했다. 물이 없는 산 능선에서 캠핑을 할 때는 세수조차 할 수 없었다. 금대봉을 비롯해 많은 산에서 밤을 보냈다. 남덕유산에서는 그나마 샘물이 가까워서 세수도 할 수 있었고, 밤하늘에 흐르는 은하수도 감상할 수 있었다. 설악산 어느 야영장에서는 텐트를 잊어버리고 가서 땅바닥에 매트리스를 깔고 침낭에서 웅크리고 며칠 동안 잠을 잤다. 어느 날 아침에는 희한한 새소리가 잠을 깨웠다. 후드득 떨어지는 빗소리와 새소리가 어우러진 멋진 아침이었다. 가까운 소나무에 주황색 호반새가 앉아 있었다. 아침 새소리의 주인공이었다.

멀리서 그때의 귀에 익은 소리가 들렸다. 호반새였다. 여름 철새이니 가을이 깊어지기 전에 곧 이 숲을 떠날 것이다. 나에게는 첫날이지만 그에게는 마지막 밤일지도 모를 일이다. 어두워지긴 했으나 아직은 초저녁일 것이다. 잠은 오지 않았지만 할 수 있는 것은 없었다. 숲속 생활에 대한 설렘과 더불어 머릿속의 걱정들이 스멀스멀 기어나오기 시작했다. 두고 온 산 아래 세상은 지금 어떻게 되어가고 있을까? 나의 빈자리가 잘 메꾸어지고 있을까? 오늘은 내가 뭘 마무리해야 했었지? 지구의 공전과 자전까지 걱정하던 가당치도 않은 오지랖이 발동하기 시작했다. 내가 뭐라고. 나 없이는 뭐 하나 제대로 될 것 같지 않은 불안감이 엄습해왔다. 과한 자신감인지, 타인에 대한 불신인지 모를 걱정을 떨치기 위해 안간힘을 썼다. 그러지 못하면 당장이라도 짐을 싸서 내려가버릴 것 같았다. 내 목표는 '나 홀로 캠핑 4박 5일'이다. 세상일은 세상에 남은 사람들이 알아서 할 것이다. 나에게는 '이 숲에서 긴긴밤을 어떻게 보낼 것인가' 이것이 더 큰 문제라는 것을 잊지 말자.

잠을 이루지 못한 채 밤이 지났다. 숲이 낯설 이유는 없지만 숲에서 혼자 밤을 보내는 것은 처음이었다. 간밤에 바람이 많이 불었다. 바람으로 인해 소리는 더욱 강해지고 다양해졌다. 내가 있던 세상의 익숙하고 인위적인 소리는 모두 실종되고 자연의 소리만 가득했다. 소란하지는 않으나 고요하지도 않은 시간. 나는 잠을 자야 했다. 그러나 그들의 활동이 나를 잠 못 들게 했고 나를 예민하게 했다. 텐트 위에 떨어지는 이슬 소리에 몸이 움찔했고, 나뭇잎이 텐트를 스치는 소리에 감았던 눈이 번쩍 떠졌다. 멀지 않은 곳에서 들리는 쿵쿵거리는 소리에 귀가 쫑긋해졌다.

몇시나 되었을까? 어둠이 가시기 시작한 걸 보면 새벽일 텐데 눈을 뜨자마자 시간이 궁금해졌다. 몇시길래 새들이 약속이나 한 것처럼 저렇게 재잘대는 것일까. 누운 채 한참 동안 사색에 빠져 있었다. 어제 늦은 오후에 올라왔기 때문에 숲에서 처음으로 혼자 아침을 맞는 날이다. 혹시나 나타날까봐 걱정했던 멧돼지는 좀 떨어진 곳에서 얌전히 놀다갔나보다.

깨어나긴 했지만 움직이기 싫었다. 눈을 뜬 지 몇 시간은 지난 것 같은데 정확히 알 수가 없었다. 주위를 탐색하기로 했다. 지나간 지 얼마 되지 않은 고라니의 발자국이 보였다. 카메라가 있으면 훨씬 더 시간을 알차고 재미나게 보낼 수 있을 것이다. 그러나 전자기기를 지참할 수 없는 캠핑의 규칙을 착실히 지키고 있는 중이다.

주변을 좀더 세세하게 탐색하기 시작했다. 가까운 곳에 사는 족도리풀이 눈에 들어왔다. 잎들은 구멍이 숭숭 뚫려 있었다. 이미 열매는 다 떨어져 흙속에 고요히 숨었을 것이다. 잎을 들추어보다가 새로운 것을 발견했다. 작은 꽃잎같이 생겼고 도톰한데, 표면에 실핏줄 같은 어두운 자주색의 그물 모양 맥들이 많았다. 색은 어둡고 무거워 보였지만 참 말간 느낌이었다. 하나 따서 잘라보았다. 내부가 꽉 들어차 있었다. 이미 지난여름에, 다음해에 태어날 각 기관들을 만들어둔 것이다. 다가올 가을과 겨울을 무사히 보내고 봄이 되면 꽃이 피고 잎이 날 겨울눈이었다. 그들의 한 해의 생을 내 호기심으로 망쳐버렸다.

해가 중천에 뜨도록 텐트에는 햇빛이 들지 않았다. 햇빛을 따라 동쪽으로 스무 발자국 떨어진 곳으로 이사하기로 했다. 평소에는 동서남북을 살필 필요가 없었다. 이정표만 잘 따라가면 해결되는 세상에 살았다. 숲속에 있으니 해의 위치로 방향을 가늠할 수밖에 없었다.

바닥을 정리하고 텐트를 통째로 들어서 옮겨놓았다. 새로 이사한 자리가 꽤 마음에 들었다. 내일 아침에는 햇살을 받으며 일어날 수 있겠다는 생각에 뿌듯했다. 이사를 하는 사이 박새가 지저귀고 동고비 한 마리가 나무를 오르락내리락하면서 먹이를 찾고 있었다. 꽤 큰 새 한 마리가 소리도 없이 나무 사이로 두툼한 날개를 펄럭거리며 날아갔다. 어쩌면 저들도 나를 탐색하고 있을지도 모른다는 생각이 들었다.

몇 시인지 알 수 없으나 해가 졌다. 하루 동안 제일 궁금한 것은 '지금이 몇 시일까?'였다. 왜 시간이 궁금할까? 출근할 것도 아니고, 시간 맞춰 꼭 해야 할 일도 없다. 더구나 식사도 하지 않는다. 물은 충분하지만 먹을거리라고는 비상식량밖에 없다. 사탕만 한 초콜릿 몇 알과 캠핑을 마치고 내려갈 때 에너지 보충을 위한 에너지바 하나. 그것이 식량의 전부였다. 알 필요도 없는 시간이 궁금해서 하루에 몇 번씩 해의 위치를 살폈다. 숲은 어두워지기 시작했고, 해가 지면 할 수 있는 일이 잠을 청하는 것밖에 없다. 보이지 않는 상황에서 청각이 유난히 예민해졌다. 덤불 속에서 바스락거리는 소리에 온 신경이 집중되었다.

산에 올라오기 전에 한 식사를 마지막으로 지금까지 물 이외에 아무것도 먹지 않았다. 굶은 지 24시간이 지났는데도 배가 고프다는 느낌은 별로 없었다. 며칠 전부터 식사량을 조금씩 줄여온 효과일까. 배고픔이 느껴지기 전에 잠들 수 있으면 좋겠다는 마음으로 눈을 감았다.


해의 위치를 보니 아직 오전이었다. 아니 아직 아침인가? 온몸이 쑤시고 아프며 기운이 없었다. 컨디션 조절에 실패하면 산에서 내려가야 할 수도 있겠다 싶었다. 어떻게 해야 컨디션을 회복할 수 있을까? 먹을 것이 없으니 다른 것으로 몸 상태를 끌어올려야 할 텐데. 신선한 공기를 마시며 밖에 누워 있는 것이 나을 것 같다는 생각이 들었다. 밖으로 나오니 바람도 좋고 공기도 상쾌하고 햇살도 따사로웠다.

하늘을 바라보며 누워 있다가 햇살이 눈부셔 얼굴을 돌렸다. 보라색 투구꽃 한 송이가 나를 바라보고 있었다. 투구를 깊게 쓰고 자신의 표정은 숨긴 채 투구꽃이 나에게 말을 걸었다.

"안녕? 어제는 여기저기 기웃거리더니, 오늘은 힘이 없어 보여."

"응, 기운이 없어. 어제도 나를 봤어?"

"응, 지나가지 않으니까."

"무슨 말이야?"

"사람이면 이 숲길을 지나가야 하는데 넌 하루종일 여기 있었잖아."

"아. 그랬지."

"왜 지나가지 않았어?"

"그냥 잠깐 머무는 중이야. 평생 처음으로 혼자서 숲속에."

"무섭지 않아?"

"아니, 별로 무섭진 않은데 시간이 너무 궁금해."

"여긴 시간을 알 필요가 없어."

"알아. 그런데도 지금은 세상 그 무엇보다 몇시인지가 제일 궁금해."

"내일이면 괜찮아질 거야."

투구꽃의 말을 믿어보기로 했다.

흔들리는 나무들을 올려다보았다. 바람에 사락거리는 나뭇잎 소리가 한여름과는 달라져 있었다. 그냥 버려두기 아까운 햇빛 아래 누워서 흠뻑 광합성을 하기로 했다. 이 숲의 새들과 다람쥐들도 나를 개의치 않고 저마다 할일을 하고 있었다. 내가 움직이면서 소리를 내도 전혀 신경쓰지 않았다. 이들도 나를 몰래 지켜보았을 것이다. 이젠 탐색을 끝내고 적응을 한 것이리라.

자리를 털고 일어나서 주변에 있는 식물들을 세세히 살피며 잎을 한 장씩 땄다. 잎들을 그리는 동안에는 무료함도 잊어지고 배고픔도 잊었다. 얼마나 시간이 흘렀을까. 문득 고개를 들어보니 해가 서쪽으로 넘어가고 있었다. 오늘밤은 제발 푹 자고 싶다는 생각이 간절했다. 어두워지면 자야 하는데 9월은 몇시쯤 어두워질까? 매일 해가 떴다가 지는데도 그 시간을 모르고 있다니 오히려 놀라웠다. 한 해의 마지막날 일몰시간에만 관심이 있을 뿐, 평소 해가 지는 시간에 대해서는 관심이 없는 곳이 사람 사는 세상이다. 가끔 노을을 보며 감상만 했을 뿐이다. 텐트 밖으로 색깔이 변해가고 있었다. 어둡기 전의 마지막 빛, 그 빛에 홀려 밖으로 나왔다. 붉은 노을이 나무 사이로 보였다. 하늘 가득히 보이는 노을과는 사뭇 달랐다. 시선을 멀리 두고 빛을 따라 서쪽으로 걸었다. 흘러드는 노란 빛이 흐느적거리며 바짓가랑이와 신발을 비추었다. 켜켜이 쌓여 있는 갈색의 소나무 낙엽은 그 빛을 받아서 반짝였다. 금빛 융단 위를 걷는 기분이었다. 발끝에 닿는 귀여운 햇살을 통통 차며 느리게 걸었다. 그러나 얼마 가지 못하고 돌아올 수밖에 없었다. 숲은 어둠이 빨리 내린다. 금세 어두워지고 숲속은 칠흑같이 변했다. 그럼에도 잠을 자기엔 이른 시간이었다.

이틀 밤 만에 용기가 생겼다. 매트리스와 침낭을 다시 밖으로 꺼냈다. 침낭 깊숙이 몸을 집어넣고 얼굴만 내놓았다. 눈을 뜨고 가만히 어둠을 응시했다. 아무것도 보이지 않던 어둠 속에서 잠시 만에 나무들이 보이기 시작했다. 색깔은 검디검 었지만 하늘을 향해 뻗은 나무줄기와 섬세하고 작은 잎들의 선이 보이기 시작했다. 어둠을 보는 능력이 되살아났다. 까만 나무와 나무들 사이로 감색의 하늘길이 보이고 그 길로 별들이 총총 걸어가고 있었다. 하나! 둘! 셋! 넷! 구령에 맞춰 걷고 있는 저 별들은 어디로 가고 있을까? 밤새 걸으면 어디까지 갈 수 있을까? 별들을 한참 올려다보았다. 나뭇잎 하나가 침낭 위로 떨어졌다. 작은 소리가 무척 크게 느껴지는 고요한 시간이지만, 지금부터 활동을 시작하는 생명들도 많을 것이다. 야행성을 방해하지 말고 주행성의 본분을 다해야겠다는 생각으로 다시 텐트 안으로 들어갔다.

세번째 밤을 혼자 보냈다. 몸도 가볍고 기분도 더없이 상쾌했다. 텐트 지붕에 떨어지는 낙엽 소리와 이슬 소리에도 처음처럼 소스라치지 않았다. 이 숲의 동물들이 나에게 신경쓰지 않는 것처럼 나도 이제는 이 숲에서 일어나는 여러 가지 상황에 많이 익숙해진 것이다. 마음껏 먹을 수 있는 식량만 주어졌다면 전혀 무료하지 않았을 것이다. 이 숲에 어떤 생명들이 살고 있는지 샅샅이 헤집고 다니며 탐사했을 것이다. 먹을 것이 없으면 배고픔뿐만 아니라, 바닥을 친 에너지 때문에 무료한 시간까지 함께 견뎌야 하는 것임을 깨달았다. 처음 캠핑을 시작할 때 무료함에 대한 걱정은 없었다. 숲속에서 무료한 적은 없었기 때문이다. 무엇이든 볼 것이 있고 무엇이든 할 수있는 게 있었다. 그런데 지금은 달랐다.

텐트 안으로 햇빛이 비쳐들었다. 이사를 잘했다는 생각에 뿌듯했다. 텐트 밖으로 나와서 해를 마주보고 동쪽으로 걸었다. 한 발짝 걸었으니 해에게 한 발짝 더 가까워졌으려나? 열 발짝 걸으면 그만큼 더 가까워질까?

계속해서 걷다가 새로운 길 하나를 발견했다. 그 길에는 오리방풀 연한 보라색 꽃이 한창이었다. 키가 크고 가녀린 몸매를 가지고 있어서 작은 바람에도 섬세하게 흔들렸다. 보랏빛을 한껏 뽐내며 투구를 깊게 눌러쓴 투구꽃은 전장에라도 나가는 것처럼 늠름한 모습이었다. 강한 독을 품고 있어서 저렇게 자신감이 넘치는 것일까? 함부로 먹었다가는 자칫 목숨이 위태로울 수 있는 독 덕분에 화려한 색과 모양을 하고도 겁나는 것이 없어 보였다. 나보다 키가 큰 개미취는 허리가 휘어질지언정 꽃은 고운 연보랏빛이 햇살을 받아 싱그러웠다. 투구꽃의 보랏빛은 유혹적이긴 하지만 함부로 범접하기 어렵고, 개미취의 연한 보라색은 성격대로 순해 보였다. 주변을 천천히 살펴며 걷는데 가파른 내리막길이 나타났다. 갔던 길을 되돌아 나의 영역에 도착했다.

산책길에서 따온 꽃과 열매와 잎들을 펼쳤다. 무료함을 달래기 위해서 오늘은 좀더 많은 그림을 그려볼 생각으로 그림에 집중했다, 하늘말나리 열매의 부드러운 색과 모양을 그리고, 투구꽃은 꽃 핀 것 하나와 봉오리 하나를 그렸다. 투구에 그어진 가늘고 섬세한 선을 집중해서 그렸다. 그림 그리는 일에 꽤 높은 집중도가 필요하고 몰입이 필요하다는 것을 알게 되었다. 그 몰입과 집중을 방해할 자는 이 숲에 아무도 없었다. 한참을 웅크리고 그림에 열중하다가 등을 펼치고 고개를 들었다. 채 5미터도 되지 않는 거리에서 너구리 한 마리가 궁둥이를 실룩거리며 걸어가고 있었다. 그림을 그리는 동안 너구리가 와도 몰랐던 것이다. 어쩌면 저 너구리도 며칠째 나를 지켜보고 있었을 것이다. 위험하지 않은 존재라는 판단이 서서 이제는 내 앞을 유유히 걸어가고 있는지도 모른다. 시간을 궁금해하지 않고 하루를 보내고 있었다. 투구꽃의 말이 맞았다.

아직 저녁은 아닐 텐데 햇살이 부족하다는 느낌이 들어서 하늘을 올려다보았다. 날씨가 잔뜩 흐리고 해의 위치를 가늠할 수 없었다. 비가 올지도 모르겠다. 아니나 다를까 얼마 지나지 않아 비가 내리기 시작했다. 서둘러 텐트로 들어가서 가만히 빗소리를 들었다. 나뭇잎에 떨어진 비는 잎끝으로 빗방울을 모아 더 큰 물방울을 만들어서 텐트 지붕에 떨어뜨렸다. 나뭇잎의 크기에 따라 물방울의 크기가 다르고, 그 크기에 따라 떨어지는 소리가 서로 달랐다. 작은 텐트 속에서 둔탁한 타악기로만 구성된 연주를 감상하고 있었다. 이제 마지막 밤이다. 잘 견뎌봐야겠다 생각했지만, 나도 모르게 곧 현실에 닥친 문제를 해결할 방법을 모색하고 있었다. 빗소리는 점점 강해지고 날은 어두워지고 있었다. 아직 밤은 아닐진대 비가 내리니 더욱 어둡게 느껴졌다. 어쩐다? 내가 위치한 곳은 해발 800미터쯤 되는 산 능선이다. 이곳을 중심으로 서쪽에서 구름이 몰려오고 있었다. 비구름은 높은 산 때문에 단숨에 넘어가지 못하고 이곳에 차곡차곡 모일 것이다. 곧 폭포수 같은 비가 내릴 수도 있다는 것이 예상되었다. 굳이 위험을 자초할 필요는 없었다. 비가 더 거세게 내리기 전에 산에서 내려가야겠다는 판단이 섰다. 짐을 챙기고 텐트는 그대로 둔 채 산에서 내려왔다. 폭우가 산에서 나를 내쫓았다.

혼자 있으니 공포, 고독, 무료, 공허, 불안 등의 감정들로 괴로울 수 있을 법한데 나는 그 어떤 감정에도 깊이 빠지지 못했다. 혼자 시간을 보내는 동안 감각은 아주 예민해졌지만 싫지 않았다. 유난히 크게 느껴졌지만 사실은 아주 작았던 다양한 소리들에 집중했고 손끝의 감각에 집중했다. 반면에 어떤 생각을 집중적으로 깊이 하지도 못했고, 뭔가 깨달아지는 것도 없었다. 가슴 벅찬 감정도 아쉬웠던 지난날도 떠오르지 않았다. 따라서 반성도 후회도 없었고 앞으로 어떻게 살아야겠다는 계획도 다짐도 없었다.

나는 아무것도 얻지 못하고 산에서 내려왔다. 심지어 어떤 확신이나 희망을 품고 내려온 것도 아니었다. 그냥 비가 쏟아져서 예정보다 하루 일찍 쫓기듯이 내려왔다. 오히려 산에서 내려와 생각에 빠졌다. 내가 산에서 얻은 것은 무엇일까? 진정 아무것도 없는 것일까? 굳이 억지로라도 얻은 것을 찾자면, 내 체력으로 공복 상태에서 견딜 수 있는 극한의 시간을 어느 정도 예상할 수 있었다는 것이다. 그리고 굳이 누가 도와주지 않아도 스스로를 돌볼 수 있는 힘이 어느 정도 있다는 것 정도였다. 그 외에는 그 어떤 내면의 변화도 느껴지지 않았다.

며칠 동안 산속에서 혼자 시간을 보내면서 나는 달라진 것도 달라지고자 하는 것도 없었다. 그냥 주어진 시간을 어떻게 보낼까라는 생각 말고는 할 수 있는 것이 없었고, 그것을 실천하는 것만이 내가 할 수 있는 유일한 일이었다. 이 캠핑에서 나는 왜 실패한 것 같을까? 그 어떤 이유로라도 실패는 없다고 했는데 말이다.

들깨 예찬

들깨 / *Perilla frutescens*

늦잠을 잔 것 같진 않은데 시간을 가늠하기 어려웠다. 잠은 잘 잔 편인데 머리가 띵하고 몸이 무거웠다. 매일같이 하는 스트레칭을 한 뒤 침대에 앉았다. 그런데도 여전히 머리가 불편하고 몸을 움직이기 힘들었다. '바깥 날씨가 흐린가?' 하는 생각이 들었다. 창밖을 보니 햇살의 기미가 전혀 없었다.

날씨에 예민하게 반응하는 편이다. 잠자리에서 눈을 뜰 때부터 감지되는 걸 보면 바깥은 많이 흐린 모양이었다. 천천히 일어서서 창을 열자 역시나 날씨는 곧 비라도 뿌릴 것처럼 잔뜩 우울해져 있었다. 그래도 다행이었다. 부모님의 대추농사는 어제 수확을 마쳤다. 비가 오더라도 큰 문제가 생기진 않을 것이다. 농사꾼의 자식이라 늘 날씨 생각의 끝은 시골 농삿일로 이어진다. 300킬로미터나 떨어진 내 집에 앉아서 나는 마음으로 농사를 짓고 있다.

가만 있자. 뭘 먹지? 날씨가 흐리니 따뜻한 식사를 하고 싶은데 마땅한 것이 생각나지 않았다. 냉장고를 열어봐도 딱히 주재료가 될 만한 것이 없었다. 아쉬운 대로 계란 두 개를 꺼냈다. 계란찜이라도 해 먹자는 마음으로 파와 양파도 함께 꺼내들었다. 나의 계란찜 조리법은 간단하다. 냄비에 물을 적당히 붓고 팔팔 끓여도 깨지지 않는 국그릇에 모든 준비를 마친 재료를 담고 중탕을 한다. 그리고 계란찜이 익어서 부풀어 오르기만 기다리면 되는 것이다. 그런데 계란을 깨려던 순간 어떤 메뉴가 머리를 스쳤다.

계란 하나를 얼른 다시 냉장고에 넣었다. 그리고 냉동실에서 만두를 꺼냈다. 만둣국을 좋아해서 냉동실에 적당한 크기의 만두를 항상 넣어둔다. 세 개를 꺼내서 해동하고 작은 뚝배기에 멸치와 다시마 작은 조각을 넣고 육수를 냈다. 육수가 우러나는 동안 마늘 하나를 다지고, 파의 푸른 잎 적당량을 어슷썰기하고, 양파도 초승달 모양이 예쁘게 나도록 썰어서 준비했다. 색깔이 희고 푸르기만 해서 조화를 위해 당근을 아주 약간만 채 썰어서 준비했다. 미리 꺼내놓은 계란도 잊어먹지 않도록 함께 나란히 두었다. 고추는 국에 넣어 먹기 좋도록 동글동글 예쁘게 썰어서 냉동실에 넣어둔 것이 있었다. 육수가 적당히 우러났을 때 간장으로 간을 한 뒤 해동된 만두를 넣었다. 팔팔 끓을 때까지 잠시 기다렸다가 계란을 넣었다. 계란은 풀어서 먹는 걸 별로 좋아하지 않아, 다른 재료와 섞이지 않도록 조심스럽게 넣어서 그대로 두었다.

잠시 더 끓이다가 냉동실에서 풋고추와 홍고추를 꺼내 적당히 섞어서 집어넣고, 이후 준비한 모든 채소를 한꺼번에 쓱 부어넣었다. 뚜껑을 덮지 않은 채 한소끔 끓을 때를 기다리다가 이때다 싶은 순간이 왔다. 이 요리의 화룡점정. 바로 들깻가루 한 티스푼이다. 그리고 나서 불을 끄고 뚝배기의 잔열로 한번 끓이면 끝이다.

아, 이 향기! 코끝으로 올라오는 은근한 향기를 맡으니, 음 맛있겠다.


나는 나를 위해 음식을 만드는 스스로가 기특하고 요리하는 시간이 즐겁다.

자기가 먹기 위해 요리를 해본 적이 거의 없다고 하는 친구가 있다. 나는 그 친구가 이해가 되지 않았다. 왜 자신을 위해 요리하지 않지? 맛있는 거 해 먹는 게 얼마나 큰 즐거움인데. 친구는 밥을 서서 먹는 날도 더러 있다고 한다.

　나에게도 먹는 것에 대한 의미가 크지 않던 시절이 있었다. 단지, 식사때가 되어 에너지를 보충해야 하니까 그냥 먹었다. 음식에 대해서는 애착도 욕구도 별로 없던 때였다. 그때는 늘 바쁘다는 말을 입에 달고 살았고 실제로도 그랬다. 그러니 사소한 것에 애정을 둘 마음의 여유가 없었다. 정년이 보장된 잘 다니던 직장을 삼십대에 그만두고 몇 년의 휴식기를 가지면서 생각이 많이 바뀌었다. 몇 년을 쉬어가면서 부모님을 비롯해 주위 사람들에게 많은 걱정을 끼쳤다. 퇴직금은 그 휴식기에 다 써버렸다. 적지 않은 나이에 실업자가 되었고, 딱히 할 줄 아는 건 없고 바쁘게 사느라 따로 배워둔 것도 없고 돈도 떨어졌다. 다시 일을 해야겠는데 뭘 할까 고민을 많이 했다. 그러다가 그냥 하고 싶은 일을 하면서 살면 좋겠다는 결론에 이르렀다. 그러기 위해 포기해야 될 것들도 생각하게 되었다. 다행스럽게도 물욕이 많지 않은 편이었다. 소유욕도 별로 없었다. 승부욕도 없는 편이어서 경쟁이 치열한 상황을 그다지 좋아하지도 않았다. 그렇다 해도 앞으로 나의 생활을 내 능력만으로 유지하기 위해서는 포기하기 어려운 부분들이 많았다. 심사숙고 끝에 조금 덜 풍족하게 살기로 결정했다. 그래도 내려놓기 아쉬운 것들은 내가 원하는 길로 가기 위한 교통비라고 여기고 과감하게 포기했다. 돈을 포기하고 나만의 시간을 벌었고, 그 덕에 커피와 와인을 즐길 수 있는 여유가 생겼다. 평일에도 발밑에 핀 꽃들과 눈으로 대화하거나 푸른 잎들 사이로 햇살이 스며드는 하늘을 응시하며 숲을 배회할 수 있는 자유를 얻었다.

포기한 것들은 대부분 경제적인 것들이었고 그 상황에서 나를 위한 뭔가를 해야 자존감을 잃지 않을 수 있었다. 그래서 좁은 개인적인 공간 안에서 할 수 있는 것 중 선택한 것이 나를 위한 음식들이었다.


비가 오는 날이면 수제비를 해 먹기 위해 직접 밀가루를 반죽하고 숙성시킨다. 그런 모습이 새로울 건 없다. 이제 밀가루 반죽은 가끔 나를 위해 별미를 즐기는 평범한 과정일 뿐이니까. 그리고 항상 상을 차려서 먹는다. 처음부터 그랬던 것은 아니다. 처음엔 편리하고 싶은 유혹을 물리치고 상 차리기를

훈련해야 했다. 오랜 시간을 들여 얻은 습관이다. 이제는 반찬
통을 통째로 식탁에 올리지 않는다. 국과 찌개가 냄비째 식탁
위에 올라오는 일도 잘 없다. 찌개의 성격상 냄비에 담은 채로
먹어야 하는 경우를 제외하면 말이다. 어떤 이는 나를 보고 설
거지하기 귀찮아 어떻게 그러냐고 하지만 되도록 모든 반찬
은 접시에 덜어서 먹는다. 작은 접시에 반찬마다 따로 덜어낼
때도 있고, 성격이 비슷한 반찬들이 있을 때는 큰 접시 하나에
여러 종류를 덜어 담을 때도 있다. 주로 봄에 냉이무침이며 씀
바귀무침, 각종 산나물무침 등 나물반찬이 몇 가지나 될 때 큰
접시를 사용한다. 나름대로의 디저트를 잘 차려서 즐길 때도
있다.

　오늘 아침은 비교적 단출하게 차렸다. 만둣국에 멸치볶
음, 김치, 그리고 밥 반 공기. 마지막으로 올린 들깻가루로 인
해 만둣국은 톱톱해졌다. 음식에서 온도를 배제하고서도 갓
핀 목화솜처럼 느껴지는 따뜻함, 스스로 나를 따뜻하게 하는
이 느낌을 참 좋아한다.
　들깻가루는 항상 준비해놓고 다양한 음식에 사용하는 편

이다. 훨씬 깊은 맛을 낼 수 있기 때문이다. 미역국에는 소고기 대신 들깻가루가 넉넉하게 들어간다. 시래기된장국에도 들깻가루가 빠지면 뭔가 아쉬운 맛이 된다. 부대찌개에도 한 스푼 들어가면 더 풍부한 맛이 난다. 며칠 전에는 들깨파스타를 해 먹었다. 동양적인 들깨 향과 서양에서 온 면이 만나 좋은 조화를 이루었다. 나처럼 들깨 향을 좋아하는 사람도 있지만 싫어하는 사람들도 있다. 들깨 향은 그 어떤 채소도 따라가기 힘들만큼 독특한 편이다. 그 향기는 살아 있는 내내 품고 있다가 음식의 재료가 되어서도 꿋꿋하게 지킨다.

들깨 향기의 진정한 정점은 따로 있다.

초가을이 지나고 아직 단풍은 들기 전의 가을, 먼 산 초록빛이 점점 녹갈색이 되어 탁해진다. 논은 푸른빛을 머금은 황금들판이 되고, 논두렁 밭두렁의 풀들은 옆으로 스러져 누렇게 되어갈 때 들판에 향기가 퍼진다. 향기는 쓸쓸하고 스산한 가을바람에 실려 이리저리 흘러간다. 어디로 갈지 몰라서 방황하던 향기들은 온 들판에 퍼지고 심지어 마을까지 흘러든다. 텃밭 가장자리의 감나무 꼭대기에 감이 몇 개 안 남았고,

'저 감을 딸까 새가 먹도록 그냥 둘까' 고민하는 나에게도 도달한다. 킁킁거리며 향기를 맡다가 발아래로 펼쳐진 비스듬한 논밭들을 죽 훑어본다. 향기의 출발점을 찾기 위해서다.

　늦은 오후, 노랗게 변한 햇살이 가득한 서쪽 끝부터 시작해서 구석구석 눈으로 살핀다. 산의 검은 그림자와 눈이 부시게 내리쬐는 햇볕이 함께 존재하고 있다. 빛을 담뿍 받은 노란 봉분이 특히 눈에 뜨인다. 그 무덤의 주인이 누구인지 모르지만 몇 발짝 떨어진 곳에 지금쯤 용담이 꽃을 피울 것이다. 불그죽죽 단풍이 들어가는 잎사귀는 지쳐 드러눕고 보라색 꽃은 하늘을 바라보느라 애쓰는 모습이 눈에 선하다. 보랏빛 꽃잎 깊은 곳에서부터 비눗방울 같은 점들이 떠오르고 있을 것이다. 그 작은 방울에 노을 품은 따스한 햇살이 내리꽂혀 빛이 날 것이다. 개울을 따라 내려오면 조밀하게 모여 자라는 버드나무들이 단풍도 들지 못한 채 뿌연 잎사귀들을 떨어트리고 있다.

　감상에 젖어서 원래의 목적을 잊어버릴 때쯤 다양한 농작물이 시들어가는 작은 농지의 어느 한 지점에서 눈길이 멈춘

다. 이웃집 아주머니가 들깨를 찌고 있다. 밭 한쪽에다 심은 들깨를 수확하는 계절인 것이다. 사람들이 잘 들어가지 않는 산속의 오래된 오솔길 가에 구절초가 한창이고, 산과 이어진 밭두렁에 산국이 막 피어나려는 계절에는 들깨를 수확한다. 이때 멀리까지 퍼지는 향기가 들깨 향기의 첫번째 정점이다. 이미 잎은 누릇누릇해졌다. 어른 손가락보다 굵은, 네모난 줄기를 휘어잡아서 땅과 반 뼘이나 한 뼘 정도 윗부분을 낫으로 싹둑 단번에 자른다. 그다음 바닥에 깔아놓은 파란 천막에 누인다. 건조되는 동안 비가 오지 않는다면 그대로 말리면 된다. 그러나 비 예보가 있다면 적당한 양을 묶어서 비가 들이치지 않는 곳에다 세우고 말려야 한다. 기대어 세울 곳이 있으면 좋겠지만 그렇지 않다면 스스로 서 있을 수 있게 해야 한다. 두 손으로 잡힐 정도의 적당한 양을 서너 번 모아 짚이나 끈으로 중간지점을 묶는다. 그러고는 아랫부분을 삼등분이나 사등분 하여 벌려서 카메라 삼각대와 비슷하게 다리를 만든다. 그 상태로 펼쳐놓은 천 위에 세워서 말린다. 비가 오지 않는다면 일 주일 정도면 다 마를 것이다. 비가 오게 되면 꼭 직접 맞지 않더라도 습기를 머금게 되어 건조되는 데 훨씬 긴 시간이 걸린다. 햇빛이 나는 날은 밖으로 꺼냈다가 해질녘 날씨가 흐려지면 밤사이 비가 올지 모르니 지붕이 있는 곳으로 집어넣어야 한다. 그렇게 정성을 들여 말린 들깨는 머지않아 타작을 한다. 마을 앞산에 푸른 기운보다 붉은 기운이 강해질 때, 그러나 아직 단풍이 들었다고는 말하긴 어려울 때, 그때쯤이다.

　날씨 좋은 날에 가을 하늘보다도 더 파란 천막을 바닥에 넓게 깔고 들깻대들을 눕힌다. 손으로 만지면 바싹바싹할 정도로 잘 마른 들깨들은 마르기 전의 향기와는 조금 다르다. 향기의 기본은 변하지 않았지만 싱그러움이 빠지고 깊이는 더해진 느낌이랄까. 좀더 어른이 된 향기, 그런 향기를 느끼며 눕혀진 들깻대를 하나씩 적당한 각도로 바닥에서 살짝 띄워 들고서 막대기로 두들긴다. 너무 세게 두들기면 알갱이들이 천막 밖으로 튀어나갈 염려가 있다. 그러니 적당한 힘으로 조절을 해가며 두들긴다. 찰랑찰랑거리며 들깨 알갱이들이 마지막 춤을 추고, 결국은 옷을 벗고 튀어나와 바닥으로 떨어진다.

　이때 경쾌한 소리와 함께 퍼지는 향기가 들깨 향기의 두번째 정점이다. 나는 들깻가루를 사용해 음식을 할 때면 이 두 장면을 떠올린다. 신선한 첫번째 향기와 농염한 두번째 향기를 지나서 지금 나의 식탁으로 온 음식에 가미된 향기. 이 향기는 반년 이상 숙성된 향기다. 씨를 뿌리고, 옮겨 심고, 키워서 잎을 따먹고, 꽃이 피고, 단풍 들고, 수확하고, 타작하고, 그리고 음식으로······.

여기까지 온 향기를 아주 소중하게 대접하며, 음미하며, 천천히 만둣국을 먹는다.

엄마를 보려면
나를 찾으면 돼

사시나무류 / *Populus*

"희야, 이거 쫌 해도고."

엄마가 골방에서 뭔가를 무겁게 들고 나오셨다. 시골집 작은 골방은 창고처럼 각종 잡동사니를 넣어두는 곳이다. 김치냉장고를 비롯해서 오래된 수납장과 행거가 그 방에 있다. 뿐만 아니라 과자며 누룽지며 일할 때 쓰는 모자나 목장갑들까지 구석구석 자리하고 있다. 그 방에서 들고 나오신 것은 오래된 앨범이었다. 묵직하여 힘에 부칠 텐데 애써 들고 나오시는 걸 보면 분명히 이유가 있는 모양이었다. 앨범을 펼쳐본 지 꽤 되었지만 그 안에 어떤 사진들이 들어 있는지는 잘 알고 있었다. 가끔씩 생각이 나면 펼쳐보았기 때문이다.

"앨범은 왜요?"

옛 추억을 들춰볼 요량이면 뭘 해달라는 말씀은 안 하실 텐데 꼭 해야 할 일이 있는 듯했다.

"앨범에 있는 사진들을 찍어서 내 휴대폰에 쫌 넣어도고."

"웬만한 사진들은 엄마 전화기에 들어 있을 텐데요?"

엄마와 아버지의 휴대폰에는 어릴 적 우리들의 사진이 몇 장 들어 있었다. 앨범에 있는 사진을 찍어 그대로 저장해둔 것이다. 부모님은 가끔 그것들을 펼쳐보면서 옛 생각을 하기도 하고 함께 이야기를 나누기도 하셨다. 그걸 알고 있었기 때문에 새로 저장하고 싶은 사진이 생겼을지도 모른다는 생각이 들었다.

"아, 느그 아빠가 내 전화기를 만지시더니만 사진이 다 없어져뿟다 아이가. 가끔 느그 어릴 때 사진을 들여다보는데 그기 없으니 아섭네. 니가 찍어서 다시 볼 수 있게 쫌 해도고."

전화기를 받아들고 살펴보았더니 정말로 사진들이 다 사라지고 없었다. 한가한 시간에 마침 나도 있으니 생각난 김에 당장 하려고 앨범을 들고 나오신 거였다.

첫 장부터 한 장 한 장 넘기면서 엄마가 "요고"라고 손가락으로 짚는 사진을 찍기 시작했다. 나의 휴대폰도 최신형은 아니지만 엄마의 것은 더 오래된 모델이었다. 전화를 걸고 받고 문자를 확인하고 사진을 보는 정도로만 사용하기 때문에 굳이 신형이 필요가 없었다. 그리고 값비싼 물건에 대한 부담

감 때문에 그냥 우리들이 쓰던 구형 휴대폰을 받아서 쓰는 것을 편하게 여기셨다.

  엄마는 나와 여동생이 유아 시절에 외갓집 앞 강가에서 찍은 사진을 특히 좋아하셨다. 어수룩한 시골 어린아이 둘이서 카메라 앞에 섰을 때의 어색함이 고스란히 담겨 있었다. 누군가가 손을 잡으라고 했는지 나는 여동생의 손목을 어설프게 잡고 있었다. 서로 가까이 붙어 서려고 한 어색한 몸짓이 귀여운 모습이었다. 그 뒤로 누렇게 변해가는 풀들 사이사이로 하얗게 마른 자갈톱이 보였다. 자갈톱을 비켜 두 갈래로 갈라져 흐르는 강물은 유난히 파랬다. 그 강 건너에는 잎이 다 떨어진 사시나무들이 촘촘하고 흐릿하게 보였다. 뽀얀 수피를 가진 사시나무는 줄기를 가지런히 위로 뻗은 모습이 섬세하면서 추워 보였다. 잎이 많이 달렸던 여름에는 바람이 불면 차르륵 떨었을 것이다. 잎자루가 길어서 부드러운 바람에도 소스라치듯이 떨며 소리를 낸다. 그렇게 예민하던 잎이 다 떨어진 모습에 '아, 겨울로 가고 있구나' 느낄 수 있었다. 나와 동생이 입고 있는 두꺼운 옷보다 멀리 보이는 나무로 계절을 느낄 수 있는 사진이었다. 그 사진을 찍었다.

겨울날 막내만 두고 셋이서 학교에 가려고 집을 나서다가 찍은 사진도 있었다. 학교 가는 아이들은 십 리 길을 걸어가야 했기 때문에 두툼하게 옷을 차려입었고, 막내는 외투도 입지 않은 채 나와서 옆에 함께 서 있었다. 아마도 얼른 사진을 찍기 위해서 그랬을 것이다. 흑백사진도 몇 장 있었다. 막내가 태어나기 전에 할머니가 큰 남동생을 안고 여동생과 나는 그 옆에 서서 찍은 사진이다. 사남매의 백일사진도 다 흑백이다. 우리집에는 카메라가 없었다. 그런데도 어린 시절의 사진들이 드문드문 있어서 그 시절을 회상할 수 있는 좋은 빌미가 되었다. 사진을 보며 엄마는 간혹 말씀하셨다. 동네에서 누가 카메라를 들고 있는 것을 보면 우리 애들 사진 좀 찍어달라고 늘 부탁했었다고.

그 시절 산골 마을에는 카메라가 아주 귀했다. 일 년에 한두 번 볼 수 있을까 말까 했다. 그렇게 어렵사리 찍은 사진은 바로 받을 수도 없었다. 시간이 한참 지난 다음에 다시 그 사람이 마을을 방문했을 때 받거나, 아니면 다른 사람을 통해 인편으로 받기도 했다고 들었다.

결혼 전 찍은 엄마의 사진도 몇 장 있었다. 친구들과 함께 찍은 자그마한 흑백사진은 슬라이드 필름보다 조금 더 커서 사람 얼굴을 구분하기도 어려웠다. 같은 자세로 비스듬히 풀밭에 앉아 있는 모습이 모두 닮아 보였다. 게다가 다들 단발머리였다. 그 안에서 젊은 엄마를 찾기는 쉽지가 않았다.

아무리 봐도 엄마가 누구인지 모르겠다며 다음 장으로 넘기려다 다시 돌아봤을 때, 눈에 들어오는 얼굴이 있었다. 젊은 시절이니 어여쁜 숙녀를 찾아야 했는데 나는 지금의 엄마 얼굴을 찾고 있었다. 사진 속 숙녀는 놀랍게도 나와 아주 흡사했다. 오래된 흑백사진에서는 엄마가 아니라 나를 찾아야 엄마를 찾을 수 있다는 사실이 놀라웠다.

다른 사람들에게서 아빠와 많이 닮았다는 소리를 듣고 자랐다. 엄마와 둘이 있을 때도 사람들은 나를 보고서 "딸래미 참하네. 아빠를 많이 닮았는갑다"라고 했다. 그러면 엄마는 "엄마를 옆에 두고 집에 계신 아빠는 와 찾는교? 이왕이면 엄마 닮아 참하네 카시지" 하며 우스갯소리를 하셨다. 그런 소리를 듣고 자랐는데 내 모습으로 엄마가 찾아지다니 참으로 신기했다.

　우리의 어릴 적 사진과 외가 식구들이 모여 찍은 사진들 몇 장을 휴대폰에 저장했다. 엄마는 이제 됐다 하시면서 꺼낸 김에 좀더 보자고 하셨다. 이런저런 사진들을 보며 옛날이야기와 요즘 사는 이야기를 함께 나누었다. 앨범에는 나의 어린 모습이 생각보다 꽤 많았다.


　오래전 동생과 함께 자취를 시작하면서 부모님과 떨어져 살게 되었다. 몇 해가 지나자 자취생활에 적응하게 되었다. 그즈음 앨범을 볼 기회가 있었다. 나는 앨범에서 나의 어린 시절의 사진을 한 장씩 뜯어냈다. 좀더 자주 볼 수 있도록 자취방으로 가져가려 한 것이다. 오랫동안 앨범에 있던 사진은 비닐 표면에 거의 붙어 있다시피 했다. 그 모습을 보던 엄마가 말씀하셨다.

　"사진을 와 떼고 있노?"

　"자취방에 가지고 가서 내가 보고 싶을 때 보려고요."

　"그냥 여기 두지."

　"예?"

"니들 클 때 사진은 나도 쫌 두고 보고 싶은데."

엄마의 한마디에 나는 뒤통수를 얻어맞는 느낌이었다. 사진을 가지고 가야지 마음먹고 앨범에서 떼어낼 때만 해도 별생각이 없었다. 그러나 엄마의 말에 깨달았다. 나의 어린 시절의 추억은 나만의 것이 아니었다. 그것은 엄마의 추억이기도 했다. 나는 사진을 다시 제자리에 붙였다. 그리고 앨범을 원상태로 돌려놓았다. 내가 찍힌 사진이라는 이유로 내가 엄마의 추억에 손을 댈 자격이 있을까? 그날 이후로 어떠한 사진도 부모님의 앨범에서 가출하지 않았다. 나의 열아홉 살 이전 사진은 모두 시골집 앨범에 고이 살고 있다. 내 앨범에는 스무 살 이후의 사진만 있다. 어린 시절의 추억은 사진을 사진으로 찍어 저장해서 들고 다닌다. 그럼에도 가끔 시골집에 가면 낡은 앨범을 펼친다. 엄마와 함께, 아버지와 함께, 때로는 가족들이 함께 들여다보면서 추억을 이야기하고 기억한다. 휴대폰에서 간편하게 찾아보는 사진과는 또다른 그 무엇이 낡은 앨범 속에 있다.

# 아버지의 문자

개양귀비 / Papaver rhoeas

생일날 아침이었다. 나의 생일은 음력 10월 중순인데 음력으로 생일을 보내기 때문에 양력 날짜가 해마다 바뀐다. 보통 11월 중순이지만 그해나 그전 해에 윤달이 있을 경우 12월로 넘어가기도 한다. 그럴 때는 가을이 아니라 첫눈을 기다리게 된다. 실제로 내가 태어나던 날도 양력으로 12월 초였다. 유난히 추위를 많이 타는 편인데다 아직 몸이 겨울을 맞이할 준비를 덜한 상태여서인지 초겨울 추위는 더욱 견디기 어려웠다. 그런 초겨울의 생일날 아침에 나를 위한 생일상을 차렸다. 전날 미리 기본적인 준비를 하며 미역국을 끓여두었다. 그리고 당일에 나름대로 열심히 생일상을 차렸다. 찹쌀을 많이 넣고 콩을 올려 밥을 했다. 그 밥을 미역국과 나란히 놓고 다른 반찬들도 이왕이면 예쁜 접시에 다양하게 담았다. 숟가락과 젓가락도 수저받침에 가지런히 올렸다. 생일상이 완성되고 사진을 찍었다. 나의 생일상은 내가 먹기 위한 용도가 첫번째고 두번째는 부모님께 보내기 위한 것이다. 객지에 혼자 있으니 혹시라도 생일날 밥도 제대로 못 챙겨 먹을까봐서 마음 짠해하실 부모님을 안심시키는 용도이다. 부모님은 밭에서 일하실 때 두 분 중 한 분만 휴대폰을 들고 가시는 경우가 많았다. 어느 분이 갖고 계실지 몰라서 부모님 두 분께 다 보냈다. 잠시 후에 아버지에게서 답장이 왔다.

─영희야오늘생일축하한다아침밥반찬사진보냇내맛잇게잘먹나

띄어쓰기가 전혀 안 되어 있고 틀린 글자도 있지만 아주 훌륭한 문자였다.


어느 날엔가 아버지께서 수첩과 볼펜을 들고 오셨다. 문자 보내는 법을 상세히 좀 적어달라는 것이었다. 문자를 보내고 싶지만 방법을 자꾸 잊어버려서 아쉽다고 하셨다. 모든 연락은 거의 전화로 하고 수신한 문자는 확인하실 줄도 아셨다. 군이 필요하지 않은데도 문자 보내는 방법을 배우고자 하는 의지는 변함이 없었다. 이전에도 벌써 몇 번에 걸쳐 가르쳐 드렸지만 잘 사용하지 않으니 금방 잊어버리셨다. 나는 문자 보내는 방법을 수첩에 그림까지 그리며 열심히 적어드렸다. 큰 그림과 큰 글씨로 보기 편하게 만든 아버지를 위한 문자 사용 설명서가 완성되었다. 지난번에 적어드린 것과 별반 다르지 않았다. 그러고는 당부했다.

"이거 이렇게 적어두고도 사용하지 않으면 금방 잊어버려요. 자꾸 해보셔야 안 잊어버리시지."

"그래 알았다. 자주 해보꾸마."

"지난번에 적어드릴 때도 매일 나한테 문자 한 번씩 보내라고 했는데 보내시지도 않고서. 그렇게 안 하다보면 젊은 우리들도 금세 잊어버린다니까요. 그러니까 매일 나한테 한 통씩 보내이소."

"오냐."

아버지는 돋보기를 낀 채 전용 사용설명서를 들여다보며 대답하셨다. 저렇게 말씀하셔도 또 실천하지 않을 것을 알고 있지만 그래도 당부를 잊지 않았다. 내친김에 사진 첨부하는 방법까지 알려달라고 하셨다.

"사진 찍는 방법은 아시지예?"

"그래, 그건 안다."

사진 첨부하는 방법을 다음 페이지에다가 또 상세히 그림까지 곁들여서 적어드렸다. 그러고는 바로 연습을 시작했다. 내가 적어드린 설명서를 보시면서 엄마한테도 보내시고 나한테도 보내셨다. 꽤 잘하셨다.

"잘 하시네예. 요렇게 보내시면 돼요. 매일매일 해서 손가락이 기억할 수 있게 하셔야 됩니데이. 머리에만 기억된 건 금방 잊어버려요."

"그런데 띄어쓰기를 잘 못하겠네. 맨날 잊어묵고 자꾸 그냥 넘어가가 글씨가 다 붙어뿐다 아이가."

"띄어쓰기는 안 하셔도 됩니더. 젊은 사람들도 간편하게 쓰느라고 띄어쓰기 안 하는 사람들이 많아요. 그러니 그냥 다 붙여 쓰이소. 아, 그리고 쌍시옷 같은 것도 굳이 안 해도 되고 그냥 시옷만 누르면 돼요. 그래도 받는 사람이 다 알아봅니더."

"알겠다. 그러면 좀더 수월하겠네."

그후 아버지는 매일 문자를 한 번씩 보내겠다고 약속하셨지만 그 약속은 지켜지지 않았다. 처음 며칠 정도는 사진도 보내시더니 며칠 만에 감감무소식이었다. 대신 내가 먼저 문자를 보내기도 하고 사진을 보내기도 했다. 그러면 답장으로라도 문자를 사용하시게 될 것 같아서였다. 그렇게 하니 간간이 문자를 보내셨다. 거실에 오래 키우던 난초가 꽃이 피었다고 꽃과 나란히 앉은 엄마 사진을 보내시기도 했다. 눈 온 날은 눈밭에 슬리퍼를 신고 눈 쌓인 감나무 가지 아래 서 있는 엄마 모습이 문자로 오기도 했다.

—영희야잘있나엄마사진보낸다

띄어쓰기는 하지 않았지만 쌍시옷은 제대로였다.


어느 날은, 나는 제비꽃이라고 부르지만 엄마는 가락지꽃이라고 부르는 꽃 사진이 도착하기도 했다. 어릴 때 가락지를 만들어 손가락에 끼워 놀던 꽃이었다. 엄마가 어릴 때도 그렇게 놀았을 것이다. 어린 조카들을 데리고 같은 방법으로 놀기도 했다. 가락지꽃이라는 이름으로도 그 아이들의 기억에 남기를 바라면서 말이다. 그렇게 세대를 거듭하며 손가락에서 손가락으로 이어진 꽃이었다. 그후로 벚꽃이 만발하는 계절에 엄마랑 두 분이서 트럭을 타고 가까운 곳으로 드라이브를 가셨다며 벚꽃 사진을 보내기도 했다.

봄이 깊은 어느 날 붉은 꽃 한 송이가 날아들었다.

—영희야 밥먹었나잘있재사진한장보내주마꽃사진. 이름이뭐지.

띄어쓰기를 하려는 노력이 엿보이는 문장이었다. 쌍시옷도 제대로 써보려고 애쓴 흔적이 역력했다. 입가에 미소가 절로 지어졌다. 붉은 꽃은 개양귀비였다. 흔히 꽃양귀비라고도 부르는 꽃이기도 하다. 꽃이 예뻐서 흔히 심는 화초인 개양귀비는 양귀비와는 다르다. 내가 어릴 때 동네 어느 집 화단 한쪽에 양귀비가 몇 포기 있었다. 그래서 나는 양귀비가 어떻게 생겼는지 잘 알고 있다.

양귀비는 열매에 상처를 내서 흘러나오는 유액으로 아편을 만든다. 그런 양귀비는 재배가 금지되어 있다. 그러나 이 꽃양귀비는 꽃을 보기 위한 것이다. 아마 어느 집 마당에서 씨가 퍼져서 마을 길가에 자라고 있었던 것 같았다. 이건 아편 성분이 없는 양귀비라고 알려드렸다. 안 그래도 그게 궁금하셨던 모양이었다. 양귀비와 닮았는데 진짜 양귀비라면 여기 있으면 안 되지 않느냐는 대화를 엄마랑 주고받으셨다고 하셨다. 그래서 식물을 좋아하는 딸에게 물어본 것이다.

그후 한참 동안 아버지는 문자를 하시지 않았다. 하실 말씀이 있으면 간편하게 전화로 하셨다. 그리고 꽃양귀비가 피던 봄 한중간을 지나서 여름, 가을이 지난 뒤 딸의 생일인 겨울이 되어서야 내가 보낸 생일상에 답장이 온 것이다. 아마도 머지않아 시골에 내려갈 것이고, 아버지는 문자 보내는 법을 또 가르쳐달라고 하실 것이다. 타박하지 않고 상냥하고 친절하게 가르쳐 드리려면 마음 수양을 미리부터 좀 해야겠다. 휴우.

희망일까
절망일까

참나무 도토리 / Quercus

겨우살이 / Viscum album var. lutescens

도토리 중에서도 총알처럼 생긴 졸참나무 도토리가 꽤 많이 떨어져 있었다. 도토리의 꿈이 자랄 수 있는 가능성이 생겼다. 꽤 괜찮은 환경에 열매가 떨어진 덕분이다.

운이 좋았다. 이른봄 잎과 함께 꽃이 피던 그날부터 여러 가지 상황들이 유리하게 작용했을 것이다. 그렇기에 이 큰 졸참나무에 열매가 많이 열리는 행운을 얻었다. 여러 상황들 중에서 어느 하나만 삐끗했어도 이런 영화는 맞이하지 못했을 것이다. 도토리들 중 어떤 것은 이미 껍질을 다 벗고 빨간 알몸을 드러내고 있었다. 어떤 것은 껍질이 일부만 벗겨졌지만 뿌리는 땅속으로 내리꽂기 시작했다. 어떤 것들은 아무 기척도 없었다. 감감무소식인 도토리들 중 이미 썩기 시작한 것도 있었다. 각두*를 쓰고 있던 아랫부분이 시커멓게 멍이 들었고

---

* 깍정이. 열매를 둘러싸고 있는 술잔 모양의 받침을 말하며 도토리가 모자처럼 쓰고 있는 것.

껍질에도 윤기라고는 전혀 없었다. 이런 도토리들은 이미 생명을 잃었다고 봐야 한다. 떨어지기 전에 벌레가 먹었을 수도 있다. 그게 아니라면 아마도 떨어질 때 껍질이 깨졌거나, 무사히 떨어졌다 하더라도 이후에 어떤 외부의 힘으로부터 껍질이 훼손되었을 가능성이 크다. 그렇게 상처가 난 열매들 속으로 그동안 내린 비나 이슬 등의 물기들이 스며들었는지도 모르겠다. 그런 수분이 떡잎이 될 두툼한 영양덩어리를 썩게 만들었을 것이다.

막 싹 튼 뿌리는 벌써 온 힘을 다해 강해지고 있었다. 여린 구석이라고는 찾아보기 어려웠다. 어쩌면 당연한 일일 것이다. 그들은 지금 필사의 노력으로 땅속 깊이 뿌리를 내려야 하기 때문이다. 잎을 올리는 것은 나중 문제다. 무조건 깊게 뿌리내려 단단하게 흙을 잡고 겨울을 이겨내야만 하는 것이 그들의 운명이다. 선택의 여지가 없다. 그들 모두가 살아남을 수는 없다. 엄마나무의 품을 떠날 때부터 이미 형제들은 경쟁자일 뿐이니까. 누가 살아남느냐는 어쩌면 지금부터 결정될 것이다. 살기 위해서 땅 위에서 죽기 살기로 온 힘을 다하고 있는 것이다.

　겨우내 깊게 뿌리내리고 잘 견뎌서 내년에 푸른 잎을 틔울 수 있는 씨앗은 과연 몇 개나 될까? 손에 꼽을 정도로 적을 것이다. 지금 뿌리를 내리는 저 열매들 중 일부만이 봄에 푸른 본엽*을 틔울 수 있을 것이다. 그럼에도 지금은 일단 살아남았다. 우듬지에 직접 햇빛을 받을 수 있는 크기로 성장하는 데까지의 확률 또한 극히 낮을 것이다. 그 확률을 두고 미국의 생물학자 마거릿 D. 로우먼은 "지상 최대의 제비뽑기"라고 했다.

　숲속 큰 갈참나무 아래에도 도토리가 수도 없이 많다. 그중 상당수가 뿌리를 틔웠고 지표면에서 깜깜한 땅속으로 전진하는 중이다. 지상 최대의 제비뽑기에 당첨되길 간절히 바라면서.


　반대로 그 옆에 떨어진 작고 노란 겨우살이 열매는 꿈을 접어야 할 위기에 처했다. 땅에 떨어진 도토리들은 주변 환경이 어떻게 도와주느냐에 따라 살 수도 있고 죽을 수도 있다.

---

* 떡잎 뒤에 나오는 잎.

얼마나 강하게 뿌리를 내리느냐에 따라 생사가 결정될 수도 있다. 확률은 아무도 모르지만 그렇다 해도 도토리는 뿌리를 내릴 수 있는 조건하에 있다. 그것만으로도 성공한 것이다. 아이러니하게도 채 1센티미터도 안 되는 거리를 두고 떨어진 겨우살이 열매는 상황이 달랐다. 둘은 같은 나무에서 자라고 떨어졌다.

겨우살이는 옆에 함께 누운 도토리의 엄마나무에서 기생을 하면서 살아남았다. 푸른 잎과 줄기를 가졌기에 어느 정도는 혼자서 영양분을 만들 수 있다. 하지만 상당 부분 나무의 양분을 도둑질하여 여기까지 왔다. 한 나무에서 자라서 꽃 피고 열매까지 잘 맺었건만 이 생사의 갈림길에서 겨우살이가 살아남을 확률은 거의 없다고 봐야 한다.


애초에 새에게 먹혔다면 생존할 확률이 지금과는 비교할 수 없을 정도로 높았을 것이다. 끈적한 과육은 새의 소화기관에서 소화되지 않는다. 씨앗을 감싼 채 배설물로 나뭇가지에 떨어졌다면 생존했을 것이다. 나뭇가지를 스치기만 했어도 지금보다는 생존 확률이 높았을 것이다. 특별한 점성을 가진 과육은 나뭇가지를 스칠 때 이미 그 능력으로 땅에 씨앗이 떨어지는 일은 막을 수 있다. 실처럼 길게 늘어져서 씨앗을 매단 채 바람에 흔들리게 되고, 마침 운이 좋아 센 바람을 만날 수 있다면 다른 가지에 달라붙을 수도 있었을 것이다. 그런 경우를 다 뒤로하고 땅에 떨어진 열매의 입장에서는 안타까운 일이 아닐 수 없다.

혹시 천운이 따른다면 달라질 수도 있다. 땅에서 먹을거리를 찾던 새들 중 누군가에게 먹히면 희망이 생길 수도 있다. 그 새가 열매를 먹고 나뭇가지에 올라가서 배설을 할 가능성이 높아지기 때문이다. 배설물이 적당한 굵기의 살아 있는 나무줄기에 떨어져 정착한다면 생존할 확률이 확 높아진다. 설사 먹히지 못한다 하더라도 겨우살이의 특별한 생존전략인 과육의 점성으로 생존을 점쳐볼 수도 있다. 새가 먹기를 시도했으나 과육의 점성으로 인해 부리 주변에라도 붙어준다면, 새가 그것을 떼내기 위해 나무로 날아올라 줄기에 비빈다면 희망이 생긴다. 어쨌든 새들의 도움으로 땅에서 나무로 올라가야만 한다.

겨우살이는 주로 참나무과 식물에 기생하지만 꼭 참나무만 고집하는 건 아니다. 주변에 있는 산사나무도 좋고, 귀룽나무도 좋고, 까치박달도 좋다. 어디든 나뭇가지에만 붙는다면 일단 생존할 확률은 매우 높아진다. 그러나 죽은 나무라면 희망은 없다. 주변에 살아 있는 나무들이 수도 없이 많으니 죽은 나무에 떨어질 낮은 확률을 굳이 걱정할 필요는 없을 것이다. 그러니 겨우살이는 노란 열매로 햇빛을 반사하며 새에게 먹이로 선택되기를 기다리는 수밖에 없다. 열매껍질의 광택을 최대한 유지하며, 탈색되는 시간을 최대한 늦추고, 과육의 점성을 간직한 채 기다리는 것만이 그들이 할 수 있는 일이다. 확률은 낮지만 희망은 있다. 희망의 가능성을 조금이라도 더 높이려면 무조건 '나다움'을 유지한 채 최대한 긴 시간을 견디는 일만 남았다. 지금 그들이 할 수 있는 일은 그것이 전부다. 그리고 해야 할 일도 그것이 전부다. 절망과 희망 사이에서 절망에 훨씬 가깝다 하더라도 말이다.

나는 같은 자리에서 자라 같은 자리에 나란히 떨어져 있는 두 열매를 쪼그리고 앉아 내려다보고 있다. 같은 조건과 환경인데도 누구에게는 희망이, 누구에게는 절망이 더 가깝다. 희망에 가까운 이를 응원해야 할까. 절망에 가까운 이를 위로해야 할까. 알 수가 없다. 그저 바라볼 뿐이다. 그 바라보는 눈빛에 그저 사랑을 담아 둘에게 행운이 있기를 바랄 뿐이다. 낮은 확률의 행운이라 하더라도 내가 해줄 수 있는 것은 그것이 전부이다.

나에게는 원칙이 있다. 숲속에서 그들과 함께 있을 때 나는 어떤 경우에도 의도를 갖거나 숨겨진 속셈을 품고 그들을 대하지 않으려고 노력한다. 누군가를 살리려는 의도나 누군가를 죽이려는 속셈을 숨긴 그 어떤 행동도 하지 않으려 애쓴다. 다만 '내가 궁금해서, 내가 보고 싶어서, 내가 알고 싶어서'라는 단순한 생각으로 그들을 따거나 주울 때는 있다. 나도 생태계의 일원이라는 핑계를 대면서, 내 눈에 띈 것도 그들의 운명이라는 자기합리화를 한다. 그러나 그럴 때는 일차원적인 호기심이 가득할 뿐 의도나 속셈은 없다.

지금은 내가 아무것도 하지 않는 것이 두 열매의 생존에 힘을 실어주는 일이라 여겨 그저 바라보고만 있다. 햇볕이 좋은 대낮에 쪼그리고 앉아 서로 다른 상황을 앞에 둔 두 열매를 내려다보고 있는 나는, 희망에 더 가까울까? 아니면 더 멀까?

한 가지 확실한 것은, 땅에 떨어진 겨우살이 열매보다는 희망에 가깝다는 것이다.

새와 나비
누가 이길까?

직박구리 / *Microscelis amaurotis*
뿔나비 / *Libythea lepita*

오랜만에 국립수목원에서 혼자 걷고 있었다. 겨울이 거의 지나가고 봄이 다가오고 있다고는 하지만 아직 숲에서는 봄 기운을 느끼기 어려웠다. 육림호는 아직 두껍게 얼어 있고 가장자리만 녹고 있다는 것을 느낄 수 있는 정도라고 할까. 숲의 변화를 아주 예민하게 감지할 줄 아는 것이 다행이다 싶었다. 벌써 키가 큰 나무 끄트머리의 색이 달라지는 것이 느껴졌다. 가까이에 있는 나무들의 겨울눈들이 수일 전보다는 더 부풀었다는 것은 봄이 약속대로 오고 있다는 증거였다. 이제 곧 곤충들이 겨울잠에서 깨어날 것이고 그들이 에너지를 얻을 수 있는 꽃이 피어날 것이다.

아직은 상상만으로 봄을 느끼며 걷고 있었다. 산책로 옆에 꽤 큰 산사나무가 보였다. 봄이 깊으면 하얀 꽃들이 풍성하게 필 것이다. 그러나 겨울 가뭄이 워낙에 심한 탓에 꽃이 얼마나 풍성하게 피어줄지는 아직도 알 수가 없었다. 원줄기가 여러 개의 줄기로 갈라지는 지점에 누가 앉아 있었다. 좀더 가까이서 살펴보니 직박구리였다. 짧고, 크고, 시끄럽게 땍땍거리는 직박구리의 소리는 그다지 아름답지는 않다. 소란스럽고 시끄러워 사람들에게 대체로 환영받지 못한다. 그런 그들도 곧 짝짓기를 해야 할 것이다. 상대를 유혹하기 위해 내는 소리를 지금부터 연습하는지 한겨울보다는 소리가 맑아진 것 같았다. 서로 경계하고 먹이를 차지하려 다툴 때보다 더욱 맑고 깊은 소리를 낼 줄도 안다.

조용히 앉은 뒷모습은 짙은 회갈색이어서 언뜻 보면 새 같지 않았다. 그저 다른 나무에서 뭉쳐져 떨어지던 잎이 걸린 것처럼 보였다. 등을 돌리고 앉은 직박구리는 어느 순간부터 소리를 내지 않았다. 그러다가 순식간에 몸을 돌려 나에게 날아들었다. 비록 그를 지켜보고 있었지만 예상치 못한 움직임에 순간 당황했다. 아주 짧은 시간 동안 숨이 멎는 듯했고 그어떤 대처도 할 수 없었다. 다행히도 새는 나와 충돌하기 직전에 다시 방향을 돌렸다. 아마도 내가 몇 걸음 뒤쪽에 있다는 것을 감지하지 못하고 날아오른 것 같았다. 그도 놀랐을 것이다.

나는 새보다 더 많이 놀라서 순간 몸이 얼어붙었다. 그러면서도 새에게서 눈을 떼지 못했다. 새들이 나는 모습을 지켜보는 것을 좋아하기 때문이다. 부드러운 포물선을 그리면서 빠르게 날아가는 직박구리를 눈으로 따르며 사라질 때까지 지켜보기로 했다. 그런데 날아다니는 모습이 이상했다. 솔직히 처음부터 이상했다. 나에게 날아들 때부터 멀리 날 생각은 없는 것 같았다. 잠깐 날다가 공중에서 펄럭이기를 반복했다. 짧은 거리를 날고 자꾸만 방향을 바꾸는 것이 이상하다 싶었다. 이상한 비상을 두어 번 반복하는 것을 보다보니 곧 이유를 알 수 있었다. 직박구리는 누군가를 쫓고 있었다. 가까이 있는 노린재나무를 피해서 이리저리 같은 행동을 반복했다. 그의 앞에는 작은 나비가 한 마리 날고 있었다. 순간 생각했다. 누가 이길까? 새가 이기는 것은 먹이를 취하는 것이고, 나비가 이기는 것은 생존하는 것이다. 먹이보다는 생존이 더 무거우니 나비가 이기는 것을 좋을까. 그렇다고 직박구리도 포기할 의사는 없어 보였다. 꽤 치열해 보이는 순간이었다.


나비는 어두운 갈색에 좀더 밝은 무늬를 가졌고 머리에

뿔이 있는 뿔나비였다. 가까이 가서 보지 않아도 뿔나비 정도는 알아볼 수 있었다. 늘 꽃을 들여다보며 다니다보니 꽃에 날아드는 곤충에 대해서도 저절로 관심이 생겼다. 자주 보고 자세히 보고 곤충도감을 찾아가며 익혔다. 그 덕에 벌들과 나비들, 작은 딱정벌레들은 어느 정도는 구분할 수가 있다. 그중에서도 뿔나비는 구분하기 쉬운 나비며, 우리나라에 아주 흔하다. 계절에 따라 무리를 이루어 수십 마리가 모여 활동하는 모습도 볼 수 있다. 성충으로 겨울을 나기 때문에 이른봄이면 제일 먼저 보이는 대표적인 나비가 뿔나비다. 나비는 지금 배가 많이 고플 것이다. 늘 뭐가 그리 급한지 꽃이 피기도 전에 일부가 날아나오기 시작한다. 이제 겨우 갯버들 수꽃이 모자를 벗기 시작했다. 그나마 일찍 피는 키 작은 풀꽃들조차 아직 낙엽 아래 숨어서 전혀 돋아나지 않았다. 갑자기 낮 기온이 풀린 날씨 탓에 서둘러 나왔다가 쫓기는 신세만 되었다.

뿔나비는 직박구리를 피해 이리 날고 저리 날았다. 높이 날지도 못하고 지상 약 1미터의 높이에서 오락가락하고 있었다. 나비를 쫓느라 직박구리도 낮게 날았다. 나비는 겨울잠을 자는 동안 영양보충을 못했을 것이다. 잠에서 깨어나서도 취할 수 있는 꿀을 가진 꽃을 전혀 만나지 못했을 것이다. 춥고 배고프고 힘도 없을 텐데. 사력을 다해 도망치느라 숲이 다 분주했다. 그 나비를 쫓는 직박구리는 사정이 좀 나을까. 아마도 겨우내 나무열매만을 먹었을 것이다. 단백질이 풍부한 곤충을 잡기는 힘들었을 것이다. 그러다가 때아니게 일찍 나온 나비 한 마리를 잡기 위해 역시 사력을 다하고 있었다.

나는 그 자리에 그대로 서서 그들이 날아가는 방향으로 몸을 돌려가며 눈으로 그들을 쫓았다. 나에게서 좀더 멀어졌다가 가까워졌다가를 반복하며 직박구리의 맹추적은 계속되었다. 그러다가 직박구리가 갑자기 가까운 노린재나무에 올라앉았다. 멀지 않은 거리라서 육안으로 그의 행동을 지켜볼 수 있었다. 부리에는 아무것도 없었다. 땅바닥을 내려다보며 눈을 껌벅거리고 고개를 갸웃거렸다. 사냥에 실패한 것이다. 뿔나비는 어디로 숨었는지 흔적조차 보이지 않았다. 색이나 모양으로 볼 때 낙엽 위에 잘 안착하면 눈에 쉽게 띄지 않을 것이다. 두터운 낙엽 위 어딘가에 내려앉아 숨을 죽이고 있을지도 모를 일이다. 아니면 낙엽 사이의 틈을 비집고 그 아래 숨었을지도 모른다. 어쩌면, 오랜만에 본 영양이 풍부한 먹이에 흥분한 새가 도망갈 수 있는 빌미를 실수로 제공했을 수도 있다. 어쨌거나 아직은 차가운 봄날에 세상 밖으로 날아올랐던 나비가 지금은 생존에 성공했다. 아마도 살기 위해 필사적으로 몸부림을 쳤을 것이다. 그 덕에 일단을 살아남았다. 그러나 그의 생존이 언제까지 이어질지는 그 누구도 알 수 없다.

오늘 뿔나비가 살아남은 것은 어쩌면 직박구리보다 살아남아야겠다는 생존본능이 더 절실했기 때문일 것이다. 먹이를 구하는 새와 생명을 지키려는 나비의 절실함이 서로 같을 수는 없다. 그럼에도 나비의 능력만으로 살아남았다고 보기도 어렵다. 운이 어느 정도 작용했을 것이다. 어쩌면 내가 그 자리에 서 있던 것이 나비에게 유리했을지도 모른다. 직박구리가 뿔나비를 쫓는 그 첫 순간에 내가 그 자리에 없었더라면 나비는 쉽게 잡혔을지도 모른다. 새가 나비를 쫓다가 나를 만나 놀라서 갑자기 방향을 트는 바람에 사냥 감각이 순간적으로 삐끗했을 수도 있다. 생각 없이 평소 하던 대로 숲속에 서 있었지만 하필 그 순간 그 장소에 있었던 까닭에 본의 아니게 나비의 생존에 일조하게 되었다.

비록 이 경우뿐만 아니라, 언제 어디서든 또 누구에게든 예기치 않은 돌발 상황이 발생할 수 있는 곳이 바로 숲이다. 그 돌발 상황에 오늘처럼 생사가 갈릴 수도 있다. 그걸 알기에 숲에 천적이 없는 존재로서 내가 내딛는 발걸음은 항상 조심스럽다.

텔레비전을 보다가
식물을 만나면

분홍바늘꽃 / *Chamerion angustifolium*

많은 사람들이 월요병에 시달릴 시간에 아침식사를 하고 차를 마셨다. 해야 할 일이 있는 아침이지만 마음이 잡히지 않았다. 어제에 이어 쉬어야 할지 아니면 월요일이니 뭐라도 해야 할지 갈피를 잡을 수 없었다. 이럴 때 제일 하지 말아야 할 일이 텔레비전을 켜는 일이다. 텔레비전을 켜버리면 별로 도움도 안 되는 내용을 하염없이 바라보다가 반나절을 훌쩍 보내는 일이 흔하기 때문이다. 그래서 아침에 되도록 텔레비전은 켜지 않으려 노력한다. 아침 시작이 그러하면 하루종일 해야 할 일조차 제대로 못하고 하루를 보내는 날이 되기 십상이다. 그러나 유혹을 이기지 못하고 결국 텔레비전을 켜고 말았다.

　낯선 영화가 방영중이었다. 이미 1부는 끝이 났고 막 2부가 시작되고 있었다. 처음부터 집중해서 보지 못했으니 영화의 진행 상황을 알 수 없었다. 그런데 등장인물도 많지 않고 드라마틱한 내용도 없고 흥미진진하지도 않은 것이 딱 내 스타일이었다. 조용하고 격하지 않고 흥분할 장면도 없고 물 흐르듯이 자연스럽게 흐르는 영화. 배우의 표정과 눈빛, 말투와 목소리에 집중하기 좋았다. 영화에서 노인이 된 피아니스트가 젊은 기자와 유럽의 어느 작은 집 정원이 보이는 테이블에 앉아서 얘기를 나누는 장면이 좋았다. 피아니스트와 기자가 마주보고 대화를 나누고 있는데 문이 열린 집 안으로 작은 테이블이 하나 더 보였다. 그 테이블에는 자그마한 식물과 생활 소품이 놓여 있었다. 기자의 얼굴이 화면에 나타날 때면 그 뒤로 푸른 풀밭이 펼쳐졌다. 잔디밭인지 아니면 다른 풀들이 자라는 중인지 알 수 없었다. 잔디라고 하기에는 유난히 선명하고 맑았기 때문이다. 유럽의 잔디는 저런 색일지도 모른다는 생각이 들었다. 배우와 보다 가까운 쪽에는 화분들이 보였다. 대충 가져다놓은 것처럼 무질서하게 놓여 있었다. 관객의 눈에 그렇게 보이도록 배열하느라 연출진들은 꽤나 고심했을 것이다.

배우의 어깨 뒤로 보이는 작은 난간 위의 토분에는 보라색 꽃이 가득 피어 있었다. 영화 속에는 내내 피아노 연주가 흘러나왔다. 음악에 조예가 없으니 어떤 음악인지 정확히 알지는 못하지만 귀에 익은 곡이 들리기도 했다.

　노인인 피아니스트는 홀로 여행을 떠났다. 그 여행도 역시 그다지 흥미진진하지도 않고 즐겁지도 않았다. 멀리 보이는 산꼭대기에는 눈이 남아 있었다. 피아니스트가 걷는 길에는 키가 아주 작은 관목들이 즐비했다. 땅바닥에 거의 붙다시피 한 관목들은 발목을 겨우 가릴 정도였다. 마을은 한참 발아래 있었고, 피아니스트는 작은 계곡물이 흐르는 산 중턱을 걷고 있었다. 시야에 가리는 것이 없다는 것은 수목한계선 즈음이라는 증거이니, 그렇다면 해발고도가 꽤 높다는 것이다. 그 높은 곳에 분홍바늘꽃이 무리를 지어 꽃 피운 모습이 보였다.


　분홍바늘꽃은 우리나라에서는 대관령 이북에 자란다고 알려져 있다. 백두산에서 보았고 러시아 캄차카에서도 보았다. 불난 산지에 가장 먼저 등장하는 식물 중에 하나라고 하는데 캄차카에서는 화산지대에서 보았다. 시커먼 화산재가 가득히 덮여서 세상이 전부 회색 같아 보이는 곳이었다. 그 가운

데 큰 키를 자랑하며 군데군데 당당하게 솟아 화사한 분홍 꽃을 가득 피우고 있었다. 가이드는 러시아에서 이 꽃을 '이반차이'라고 부른다고 했다. '차이'는 '차'라는 뜻으로 찻잎을 구하기 어려운 서민들이 그 대용으로 분홍바늘꽃 잎을 차로 마셨다고 설명해주었다. 우리나라 북부에서 백두산을 거쳐 캄차카까지 자라고 있으니, 아마도 영화의 배경도 위도가 비슷한 곳일 것이다. 배경이 유럽이고 스위스와 독일이 언급되는 것으로 보아 아마도 알프스 쪽으로 추측되었다.

영화와 배우와 풍경과 그 속의 꽃들이 참 잘 어울렸다. 어느 하나 이질감이 없어서 몰입하기 좋았다. 오랫동안 해외로 식물탐사 여행을 다니지 못했던 나에게 다각도로 참 좋은 영화였다. 특히 낯익은 식물들이 등장할 때면, 더구나 자연상태의 배경에서 그 식물을 알아볼 수 있게끔 촬영되었다면, 일단 나는 평점을 높이 줄 용의가 있다. 앞부분을 놓친 것이 못내 아쉬웠다. 기회가 되면 처음부터 다시 보고 싶어졌다.

가끔 영화나 드라마를 보다가 예기치 않은 곳에서 몰입이 깨지는 경우가 있다. 나는 우리나라 자생식물에 대한 분류는 웬만큼 하는 편이다. 처음부터 식물 분류를 잘하는 사람이 되어야지 마음먹은 적은 없었다. 그냥 철모르는 시절부터 좋아하다보니 자연스럽게 그렇게 되었다. 그런데 이 재능이 가끔 불필요하게 작용할 때가 있다. 바로 영화나 드라마를 볼 때다. 그 속에 등장하는 식물들 중에 시대적 배경에 맞지 않는 식물일 때, 자생환경에 맞지 않는 식물일 때, 식물이 중요한 역할을 하는데 그저 유사하기만 한 다른 식물일 때, 나는 몰입이 확 깨져버린다. 분명히 비무장지대에 불시착했는데, 그곳을 빠져나가기 위해 달리는 빽빽한 숲에는 동백나무와 또다른 상록활엽수들이 지나가고 있었다. 그 풍경을 보고 초반부터 몰입이 깨지기도 했다. 동백나무는 남방계 식물이라서 비무장지대에서는 자라지 못한다. 그곳의 겨울 추위를 이길 수가 없기 때문이다. 그렇다면 남쪽 바닷가 어디일 것 같은데 지형으로 보아 제주도라는 것을 알 수 있었다.

　다른 드라마에서도 마찬가지다. 어떤 사극드라마에서 '창포'라고 나오는 식물이 창포가 아닌 경우도 있었다. 내륙의 국립공원에서 촬영한 드라마는 일부 촬영지가 역시 제주도였다. 그것도 꽤 비중 있게 등장하는 장소가 그랬다. 드라마를 보면서 장소가 어디일까 궁금해서 찾아보는 사람들도 많을 것이다. 그러나 나는 배경인 숲의 나무들을 보고 거기가 어딘지 대충 짐작할 수 있다. 아니면 최소한 다른 곳이라는 것을 알 수 있다. 이런 경우 본의 아니게 몰입에서 저절로 튕겨져 나온다. 그럴 때는 할 수만 있다면, 내 머릿속에 든 식물에 대한 것들을 모두 하나의 방에다 가두고 문을 잠가버리고 싶어진다.

오늘 본 영화는 집중이 깨지는 일이 전혀 없었다. 그 위도에, 추측되는 해발고도에 충분히 있을 만한 식물들이었다. 분홍바늘꽃뿐만이 아니라 백두산이나 캄차카에서 본 듯한 낯익은 식물들이 스치고 지나갔다. 나의 기준에서 참 조화롭고 아름다운 영화였다. 비록 절반밖에 보지 못한 영화였지만, 그럼에도 월요일 아침에 텔레비전을 켠 것이 잘했다는 생각이 드는 드문 날이었다.

환삼덩굴 / *Humulus scandens*
붉은머리오목눈이 / *Paradoxornis webbianus*
네발나비 / *Polygonia c-aureum*

지혜로운
삼각관계

겨우내 눈이나 비가 거의 오지 않았다. 덤불숲은 잎과 줄기가 모두 시들었지만 그들이 지배했던 공간은 온전한 상태였다. 시골길은 산과 맞닿기도 하지만 한쪽은 경작지가 있어서 소위 말하는 잡초가 무성한 곳이다. 그 잡초 중에서 겨울이 다 가도록 기세를 유지하고 있는 것은 주로 환삼덩굴이다.

환삼덩굴은 봄에 씨앗에서 발아하였다가 가을에 뿌리까지 죽는 한해살이풀이다. 그럼에도 한겨울까지 그들은 최대한 자신들의 점령지를 유지하고 있다. 농한기이기 때문에 굳이 잡초를 제거할 일도 없다. 오로지 그들의 기세를 꺾을 수 있는 겨울의 존재는 비와 눈뿐이었다. 그런데 그 비와 눈이 귀한 날씨가 몇 달이나 지속되었다.

나는 그 덤불 앞에 쪼그리고 앉아서 씨앗 찾기에 열중했다. 일부는 빈 껍질만 남았고 일부는 씨앗이 남아 있기도 했다. 덤불 가장자리에 씨앗이 남아 있으면 좋으련만 그렇지 못했다. 조금 안쪽에 살짝 노출된 씨앗이 눈에 들어왔다. 꺼내기 위해 덤불 속에 손을 집어넣다가 깜짝 놀라서 뒤로 물러났다. 시든 것이라고 얕보았다가 가시에 찔린 것이다. 그래도 기어이 씨앗을 하나 따서 손 위에 올려놓았다. 약 3밀리미터 정도 되는 씨앗은 미세하게 무게감이 느껴졌다. 아직 생존력이 남아 있다는 증거였다.

바싹 마른 덤불을 보면 속이 훤히 들여다보이는 것 같지만 환삼덩굴의 덤불은 늘 조심해야 한다. 겨울이라 할지라도 마른 줄기와 시들어 쪼글쪼글해진 잎 뒷면에 까끌까끌한 털 같은 가시는 그대로 살아 있다. 가시라고 하기엔 무리가 있을지 모르지만 어쨌든 만지다가 손가락에 박힐 수도 있고 긁히면 피가 나기도 한다. 쓸데가 없는 덤불 같지만 그런 가시들의 도움을 받아 누군가에게는 유용한 안식처가 되기도 한다.

겨울 환삼덩굴 덤불에는 새들이 노닌다. 한두 마리가 아니라 수십 마리가 떼 지어 누비고 다닌다. 흔히 뱁새라고 부르는 붉은머리오목눈이이다. 얼굴 중에서 눈 부분이 오목하게 들어가서 귀엽다. 부위에 따라 그 색이 좀 진하거나 연한 부분이 있긴 하지만 전체가 갈색 톤이다. 몸집은 아주 작고 몸에 비해 꼬리가 길어서 우아한 자태를 지니고 있다. 뱁새는 주로 낮은 덤불과 키 작은 관목 사이를 다니며 은신하기도 하고 먹이를 먹기도 한다. 환삼덩굴이 그들에게 좋은 은신처와 먹이를 구할 수 있는 장소가 된다. 한겨울에 세상은 온통 꽁꽁 얼어붙고 살을 에는 듯한 추위 속에서 뱁새는 덤불 속으로 숨어든다. 그리고 남아 있는 씨앗으로 배를 채운다.

환삼덩굴은 암꽃과 수꽃이 따로 달린다. 수꽃은 꽃가루를 날리고 시들어서 형태가 망가지지만, 암꽃은 꽃이 피던 그 상태 그대로 마른다. 그리고 한겨울까지, 아니 다음해 이른봄까지 씨앗을 일부 품고 있다. 뱁새들은 그 씨앗을 먹기도 하고 땅에 숨기기도 한다. 겨우내 미처 다 찾아 먹지 못하면 숨긴 씨앗들에서 싹이 올라온다. 저절로 땅에 떨어진 씨앗들도 많지만 새가 숨긴 씨앗들도 많다. 봄에 싹이 나는 모습을 보면 구분이 가능하다.

하나하나씩 올라오는 싹들은 대체로 땅에 떨어진 씨앗들이다. 한 곳에서 한 움큼 올라오면 새들이 숨긴 씨앗에서 발아했다고 볼 수 있다. 이렇게 뱁새는 은신처와 먹이를 제공받는 대가로 환삼덩굴의 번식에 기여한다. 그렇다면 단순히 환삼덩굴의 번식에만 기여하는 것일까? 연이어 다른 궁금증이 생겼다. 새들이 숨겨놓은 먹이를 꺼내 먹지 못한 것일까? 아니면 꺼내 먹지 않은 것일까? 어느 쪽이 맞을까?

숨겨놓은 장소를 잊어버려서 꺼내 먹지 못한 것일 수도 있고, 굳이 찾아 먹지 않아도 될 만큼 다른 먹이가 풍부해서 꺼내 먹지 않았을 수도 있다. 어쩌면 둘 다 아닐 수도 있지 않을까? 뱁새들이 숨긴 씨앗은 봄에 기운차게 싹이 난다. 싹은 자라서 푸르름을 유지하는 봄과 여름에 또다른 생명을 품어 키운다. 바로 네발나비다.

네발나비는 환삼덩굴에 알을 낳고 그 잎을 갉아먹으면서 애벌레들이 자란다. 애벌레들은 손바닥 모양으로 깊게 갈라진 잎을 교묘하게 활용한다. 잎 뒷면에서 잎의 조각들을 아래로 접어 텐트를 친 모양으로 요람을 만든다. 그리고 그 속에서 접힌 잎을 갉아먹으면서 자란다. 더이상 숨기 곤란할 만큼 많이 갉아먹으면 다른 곳으로 이사를 해서 또다시 텐트를 친다. 그런 식으로 반복하며 애벌레는 자란다. 가까운 다른 식물의 잎 아래나, 자신의 요람 속에서 그대로 번데기가 되고 이윽고 나비가 된다. 그렇게 나비를 품어 키우는 동안 환삼덩굴은 꽃이 피었다가 열매가 영근다. 가을이 되면 그 속에 다시 뱁새의 먹이가 될 수 있는 씨앗을 잔뜩 숨긴 채, 말라서 덤불 상태만 유지한다. 어쩌면 뱁새들은 그것을 미리 계산해서 다음해의 자신과 자손들을 위해서 미리 저축한 것은 아닐까? 나와 비슷한 사고방식을 가졌다면 그럴 수도 있겠다는 생각이 들었다.

나는 투자를 할 줄 모른다. 오로지 저축만 할 줄 안다. 부자가 되는 것이 목표가 아니니 돈은 굳이 풍족하지 않아도 되지만, 일이 없으면 못 살 것 같다는 생각을 많이 한다. 그렇다고 돈을 벌지 않겠다는 것은 아니다. 다만 돈이 일 순위가 아니라는 것이다. 그래서 '얼마를 벌까'보다 '언제까지 일을 할 수 있을까'를 고민한다. 그리고 가장 오래까지 내가 할 수 있는 일이 무엇일지도 고민한다. 고민의 끝은 늘 이왕이면 좋아하는 일로 이왕이면 오래도록 일하고 싶다는 것이다. 그 일로 큰돈은 못 벌어도 생활을 유지할 수 있지 않을까 하는 기대를 품고서. 그렇지 못할 경우를 대비해서 저축도 꾸준히 한다.

어쩌면 뱁새도 나와 같은 생각을 하는지도 모른다. 먹이가 풍부할 때 갈무리를 하고, 먹이가 귀해지면 그것을 찾아 먹고, 계속해서 먹이가 풍부하면 그대로 저축한다 생각하고 묻어두는 것인지도 모른다. 어차피 하나의 씨앗이 땅속에 묻혀서 겨울을 보내면, 다음 여름엔 꽃이 피고, 다시 겨울이 오면 더욱 많은 씨앗이 먹이로 찾아올 테니까. 결국 뱁새 자신에게는 저축을 하는 셈이고 환삼덩굴도 번식에 성공하는 것이니 어느 쪽이든 손해나는 일이 아니다. 더불어 네발나비까지 키운다. 그렇다면 네발나비는 무임승차를 한 걸까? 네발나비의 애벌레는 아무리 잘 숨는다 해도 육추*를 하는 뱁새에게서 완벽하게 숨기 어려울 것이다. 일부는 그들의 새끼를 위한 단백질 제공원이 될 수도 있을 것이다. 그렇게 네발나비는 뱁새가 심은 환삼덩굴에서 생존하며 어린 새의 성장에도 일조하게 될 것이다. 이렇듯 식물과 나비, 그리고 새들 모두에게 도움되는 일인 것이다. 얼마나 지혜로운 삼각관계인가. 그럼에도 사람들은 환삼덩굴을 두고 유해식물이라고 말한다. 꽃가루가 알

---

* 새가 부화한 새끼를 키우는 단계.

레르기를 일으키고 농작물은 물론 다른 식물들의 생존에 방해가 된다는 이유로 말이다.

이렇듯 별 볼 일 없어 보이는 빛바랜 덤불숲을 가만히 들여다보다가 뜬금없이 반성했다. 그저 눈에 보이는 현상만으로 내린 많은 판단들에 대해서. 어떻게 보면 모두에게 피해만 주는 것 같지만 다른 시각으로 보면 누군가에겐 도움이 되는 자연 현상들이 생각보다 많다. 그런 조화로움 앞에서 가시에 찔린 손가락을 털며 생각했다. 매사에 어느 한 방향에서 생각할 일이 아니라는 것을……. 특히 내 입장에서만 생각할 일은 더더욱 아니라는 것을……. 그래서 나를 찌른 환삼덩굴을 원망하기 않기로 했다. 그들은 사람이 아닌 뱁새를 기다리고 있었다. 나는 그저 불청객이었을 것이다. 비록 사람은 그들을 유해식물이라고 하지만 그들이 없으면 생존과 번식이 어려운 생명들도 반드시 있다. 환삼덩굴과 더불어 사는 네발나비와 붉은머리오목눈이처럼.

# 사람도 꽃으로 필 거야

초판 인쇄    2022년 8월 15일
초판 발행    2022년 8월 22일

지은이      김영희

책임편집    이희숙
편집        원수연 이희연
디자인      최정윤 조아름
마케팅      황승현
브랜딩      함유지 함근아 김희숙 박민재 박진희 정승민
제작        강신은 김동욱 임현식

펴낸이      이병률
펴낸곳      달 출판사
출판등록    2009년 5월 26일 제406-2009-000034호

주소        10881 경기도 파주시 회동길 455-3
✉          dal@munhak.com
Ⓨ Ⓕ Ⓞ      dalpublishers

전화번호    031-8071-8682(편집)
            031-8071-8671(마케팅)
팩스        031-8071-8672

ISBN        979-11-5816-154-5  03810